Le passager de l'orage

RAT NOIR

Collection dirigée par
Natalie Beunat et François Guérif

Couverture illustrée par Olivier Balez

ISBN : 978-2-74-850714-0

CLAIRE GRATIAS

Le passager de l'orage

SYROS

« Alors, l'orage qui menaçait depuis des heures crève enfin, et la pluie se met à tomber. »

Sébastien Japrisot,
Le Passager de la pluie

Pour Patrick et Circé

PREMIÈRE PARTIE

La rencontre

1

Jonathan L. venait tout juste de décider de larguer sa petite amie le jour où il rencontra Katherin Bets pour la première fois.

De l'avis général, Jonathan était plutôt un garçon tranquille.

Au bureau ou en présence de ses amies, sa mère disait qu'il avait été un enfant facile et se félicitait qu'il ne soit pas un « ado à problèmes ». À la maison, elle lui reprochait d'être égoïste, feignant et entêté. Il pensait qu'elle n'avait pas tort.

Betty disait à Jonathan qu'il était sexy quand il se mettait en colère. Il ne voyait pas de quoi elle voulait parler. Malgré ses protestations, elle s'obstinait à l'appeler « John » depuis qu'ils sortaient ensemble. Il trouvait ça horripilant.

Les copains de Jonathan disaient que c'était un gars sympa mais assez mystérieux, qui ne parlait jamais de lui. Ses vrais amis l'appelaient « Nat » et respectaient ses zones de silence. Ça lui suffisait.

Les profs de Jonathan disaient qu'il manquait de régularité dans son travail et qu'il avait du mal à respecter les consignes. Il pensait qu'ils avaient raison mais que cela n'avait absolument aucune importance.

Son professeur d'arts plastiques disait qu'il avait un « vrai coup de crayon » et qu'en travaillant davantage il pourrait aller loin.

Jonathan se contentait de laisser traîner de temps en temps ses dessins à la maison.

Le père de Jonathan ne disait rien.

Jonathan se disait qu'il ferait tout pour ne jamais lui ressembler.

Depuis longtemps déjà, Jonathan appelait ses parents par leur prénom. « Paul » et « Babeth » s'étaient substitués à « papa » et « maman » désormais inutilisables. Au début, cela les avait choqués. Sa mère, surtout. Son père avait tenté de calmer le jeu.

– C'est un truc de gosse moderne...

– Mais quand même, il n'a que cinq ans !...

– Ne t'en fais pas, ça lui passera...

Douze années s'étaient écoulées, Jonathan n'avait plus jamais prononcé les mots « papa » et « maman ». Paul et Babeth avaient fini par s'y habituer.

2

Jonathan avait toujours vécu à Cotteville et, dans l'ensemble, il s'y sentait plutôt bien. C'était une petite ville tranquille, à mi-chemin entre la capitale et l'océan. Les touristes ne faisaient que la traverser et s'y arrêtaient rarement, sauf pour visiter l'usine *Telma*, la fabrique de jouets qui faisait vivre plus de la moitié des familles de Cotteville. Le passage régulier des commerciaux et représentants en tout genre suffisait à faire tourner le petit hôtel de la place que son propriétaire facétieux – un certain Freddie Martin – avait rebaptisé *Hôtel de la Plage* au moment où il en avait fait l'acquisition vingt-cinq ans plus tôt. La première plage se trouvait pourtant à deux cents bornes au bas mot.

–En sortant de l'hôtel, vous prenez à gauche et c'est toujours tout droit ! disait Freddie en tendant le bras direction plein ouest.

Ce qui le faisait beaucoup rire.

L'océan, Jonathan y pensait quelquefois, surtout quand il avait un coup de blues. On ne peut pas dire qu'il se passait grand-chose à Cotteville. Les enterrements commençaient à y être plus nombreux que les mariages et les baptêmes, et il n'était pas rare, lorsqu'une sombre procession traversait silencieusement la ville en direction du cimetière, que ceux qui se trouvaient là lui emboîtent spontanément le pas, même s'ils ne connaissaient pas le défunt, simplement parce qu'on savait que c'était « un de Cotteville » et que chacun se devait de saluer son départ à sa façon. En dépit de son jeune âge, il était arrivé plusieurs fois à Jonathan de se trouver dans la grande rue au moment du passage d'un convoi funéraire, de s'arrêter quelques instants pour regarder le cortège, puis de le rejoindre pour l'accompagner un peu, marchant d'un pas lent, les yeux rivés au sol et le cœur soudain lourd, la poitrine oppressée. C'était généralement dans ces moments-là que l'envie le prenait soudain de voir l'océan, de respirer l'air du large, de larguer les amarres et de s'en aller « voir du pays ». Une envie féroce, sauvage, souvent accompagnée d'un long et puissant rugissement animal qu'il sentait monter en lui et qu'il contenait avec peine tout au fond de son ventre.

Il y avait maintenant bien longtemps qu'il n'avait pas vu la mer. Elle l'attirait autant qu'elle le terrifiait. Il pensait que peu d'hommes échappent cependant à la puissante attraction de l'eau et qu'un jour ou l'autre, il lui faudrait bien se colleter avec elle une bonne fois pour toutes.

En attendant, il lui restait la rivière.

3

Une à deux fois par an, le père de Paul venait passer quelques jours chez eux. Il s'appelait Danny. Jonathan l'appelait « grand-père ». Danny était veuf depuis longtemps. Son plus grand plaisir dans la vie était d'aller pêcher le brochet. Son deuxième plus grand plaisir était d'emmener son petit-fils avec lui. Nat était toujours fou de joie à l'idée de l'accompagner. Ils se levaient tous deux avant l'aube, se préparaient sans bruit, se glissaient en silence jusqu'à la voiture, roulaient une bonne heure sans échanger un mot, puis gagnaient la rive où les attendait la barque à fond plat. Jonathan prenait les rames, son grand-père scrutait la surface de la rivière, lui indiquant d'un geste la direction à prendre. Nat remontait le courant, les yeux fixés sur les lambeaux de nuit qui paressaient entre les branches sombres tandis que les premiers rayons du soleil commençaient à réchauffer son dos. Le moment venu, Danny lui désignait d'un simple mouvement du menton ce qu'il pressentait comme un « poste prometteur ». À la manière des ramasseurs de champignons qui développent un instinct très sûr pour renifler les coins à cèpes, il n'avait pas son pareil pour détecter ce qu'il appelait un « repaire à lascars » : bras mort de la rivière, zone d'herbiers aquatiques, souche d'arbre immergée, secteur plus calme entre deux courants... Une fois en place, il fallait choisir sa hauteur de pêche, qui variait selon la saison, la température de l'eau, la météo du jour et surtout le « vif » dont on disposait. Pour appâter le brochet, il faut en effet un petit poisson vivant, sous la peau duquel on glisse le bas de ligne.

– Qu'est-ce qu'on a aujourd'hui ? demandait Nat.

– Du carpeau. Ce p'tit gars est du genre marathonien, il peut se démener pendant des heures. Le problème, c'est que monsieur n'aime pas l'eau froide. Quand il se les gèle, il bouge plus.

– Pourquoi t'as pas pris du chevesne ? Lui, le froid, il s'en fout.

– Ouais, mais ce petit con veut toujours remonter en surface. J'ai pas les lests qu'il faut pour le maintenir au fond...

– Alors, va pour le carpeau.

– Tu te charges du montage ?

– Ça marche.

Le montage du vif est un point essentiel qui demande une attention toute particulière. Jonathan savait que beaucoup de poissons se perdent s'ils ne sont pas bien armés. Son grand-père lui avait appris à placer un triple hameçon sur le dos du vif afin de garantir une bonne accroche quel que soit l'angle d'attaque du brochet.

– Ces lascars sont capables de départs foudroyants, mais c'est pas une raison pour t'exciter dès que tu verras se dandiner ton flotteur.

La première fois que Danny l'avait emmené à la pêche, Jonathan avait bondi sur ses pieds lorsque le bouchon avait commencé à s'agiter sérieusement.

– Grand-père ! On a une touche ! On a une touche !

Mais tandis qu'il s'agrippait à sa manche, Danny lui avait fait signe d'aller se rasseoir.

– Calmos...

Sous les yeux effarés de son petit-fils qui trépignait d'impatience, Danny avait alors sorti tranquillement son paquet de tabac de la poche de sa veste en toile huilée et s'était roulé une cigarette en prenant tout son temps. Dans l'eau, la danse du bouchon indiquait que le vif était très probablement en train de faire connaissance avec quelques-unes des sept cents dents acérées d'un brochet en vadrouille.

– Mais qu'est-ce que tu fais ?! Il est là ! Il est là !...

– Calmos, j'te dis.

Danny avait craqué une allumette, l'avait approchée de son visage en courbant la main pour protéger la flamme du vent, puis il avait tiré une bouffée avant de rejeter lentement la fumée droit devant lui. Après quoi, il avait coincé la cigarette au coin de sa bouche et, jetant à Nat un regard malicieux, il s'était enfin décidé à ferrer l'animal.

– C'est parti mon kiki. Frein desserré, tu gardes le doigt sur la bobine du moulinet et surtout, tu ne perds pas le contact avec le lascar, tu ne le lâches pas ! Il peut s'amuser à remonter rapidos à la surface pour te faire croire qu'il rend les armes et paf ! il replonge et t'es marron, alors fais gaffe...

Ils étaient revenus avec un brochet de plus de deux kilos, Nat venait de fêter ses dix ans. Il y avait bien longtemps qu'il ne s'était pas senti aussi heureux.

4

La première fois que Danny avait proposé d'emmener Jonathan à la pêche, Paul s'était figé dans un silence surpris. Il n'avait pas dit oui, mais n'avait pas non plus dit non et il se serait probablement laissé fléchir si Babeth ne s'était aussitôt mise à trembler, hurlant à la face des deux hommes qu'on voulait la rendre folle. Elle avait quitté la pièce en claquant la porte et s'était enfermée dans la salle de bains pour y pleurer longuement. Paul avait eu un geste d'impuissance à l'adresse de son fils. Se tournant vers son père, il avait murmuré :

– Il faut la comprendre. Depuis l'accident...

– Eh bien, justement ! avait rétorqué Danny, il serait peut-être temps de passer à autre chose. Cela fait trois ans maintenant...

Il n'avait plus été question de partie de pêche cet été-là. Durant deux semaines, Jonathan avait refusé catégoriquement d'adresser la parole à sa mère. Il avait tout juste huit ans.

5

Le jour de ses dix-sept ans, Jonathan s'était dit qu'il n'avait pas vraiment de problèmes dans la vie, sauf en ce qui concernait les filles. En général, il leur plaisait et n'avait jamais eu de mal à les séduire, la question n'était pas là. Non, le problème venait plutôt d'*elles*. Il les trouvait toujours *trop* quelque chose. Trop maniérées, trop maquillées, trop parfumées, trop sucrées, trop compliquées. Leur rire était trop aigu, leur regard trop lourd de sous-entendus, leurs copines trop collantes. Cependant, il ne pouvait pas s'empêcher de les regarder, de les écouter et de se dire qu'un jour il finirait par tomber amoureux pour de bon.

Il avait rencontré Betty à la bibliothèque municipale, un après-midi d'avril où l'été avait décidé de prendre un peu d'avance sur le calendrier. Installé dans un des petits fauteuils de la section « littérature » – l'endroit le plus tranquille et le plus frais –, Jonathan feuilletait une revue de pêche en rêvassant. Un petit chariot rempli de livres à ses côtés, la bibliothécaire était absorbée par le rangement des rayons des lettres M à R. Une jeune fille était passée devant Jonathan pour la rejoindre. Le bord de sa robe légère avait effleuré son genou au passage. Un subtil parfum de vanille avait traversé l'air comme un vol d'oiseau.

– Excusez-moi... Je ne trouve pas *Moby Dick* de Herman Melville... Il est sorti ?

Le timbre de sa voix était harmonieux et elle n'avait pas parlé trop fort, juste assez pour se faire entendre sans déranger les lecteurs. Mlle Ribbes avait relevé la tête et avait souri.

– Ah ! bonjour Betty ! Attends une minute, je crois qu'il vient juste de rentrer...

La bibliothécaire avait farfouillé parmi les ouvrages entassés pêle-mêle sur son chariot.

– Tiens, le voici ! Je savais bien...

– Merci !

– Tu salueras Margie pour moi.

– Ce sera fait.

Jonathan s'était dit qu'une fille qui lit *Moby Dick* est une chose suffisamment rare pour qu'on daigne s'y intéresser. Il s'était levé, avait rejoint Betty au moment où elle franchissait la porte de la bibliothèque et avait engagé la conversation le plus banalement du monde en lui parlant de la pluie et du beau temps. Puis il l'avait invitée à prendre un verre. Elle avait accepté parce que c'était le jour où elle devait rendre visite à sa tante Margaret et qu'elle aurait préféré aller faire du shopping avec des copines, se promener au bras d'un amoureux ou somnoler dans un hamac au fond de son jardin. Comme rien de tout cela n'était possible, elle s'était dit qu'une demi-heure grignotée serait toujours ça de gagné et qu'elle trouverait bien un prétexte pour justifier son retard. Ils avaient bavardé gentiment et elle n'avait cessé de touiller sa menthe à l'eau, faisant tinter les glaçons dans son verre. Il lui avait demandé « Pourquoi *Moby Dick* ? », elle avait répondu « Pourquoi pas ? » Évidemment, c'était un peu bref, et comme elle trouvait ce garçon assez craquant, elle avait fait l'effort de lui parler de Melville pendant au moins dix minutes. Ils s'étaient quittés en se promettant de se revoir. Elle n'avait pas dit que le livre était pour Margaret. Ni qu'elle ne lisait que des magazines. Jonathan avait songé que cela faisait un moment qu'il n'avait pas eu de petite amie, que Betty était bougrement jolie et qu'il ne lui trouvait jusque-là rien de *trop*.

6

Margaret n'était pas à proprement parler la tante de Betty, mais sa grand-tante, c'est-à-dire la sœur cadette de sa grand-mère. Les quatre grands-parents de Betty étaient morts depuis plusieurs années. Les oncles, tantes, cousins et cousines s'étaient installés ailleurs. Margie était donc le seul membre de la famille vivant à proximité, et depuis qu'elle était veuve, les parents de Betty s'étaient toujours montrés particulièrement présents et attentionnés à son égard. En son temps, tante Margaret avait bénéficié d'un certain prestige en ville. Elle y avait en effet effectué l'intégralité de sa carrière d'institutrice et tous ceux qui étaient passés entre ses mains avaient gardé le souvenir d'une femme inflexible, mais toujours juste. Depuis qu'elle avait pris sa retraite, immobilisée par une vilaine arthrose qui la faisait souffrir sans relâche et la rendait parfois grincheuse, elle partageait son temps entre la lecture et l'observation de ses concitoyens. Cela suffisait à remplir ses journées et à meubler ses insomnies. Tous les samedis après-midi, Betty lui rendait visite. Elles prenaient le thé en échangeant les derniers potins, et lorsque Margaret se sentait trop fatiguée pour aller à la bibliothèque, elle chargeait sa petite-nièce de lui apporter un ou deux romans. Il s'agissait en général des grands classiques de la littérature anglo-saxonne et européenne, tous ceux qu'elle n'avait pas eu le temps de lire étant plus jeune et dont elle avait établi une liste consciencieuse en prévision du jour où elle serait à la retraite. Margaret avait toujours été une femme remarquablement organisée. Et comme elle avait constaté qu'avec les années le souvenir de ce qu'on a lu se fait de plus en plus diffus, elle avait ajouté à sa liste un certain nombre de chefs-d'œuvre « incontournables » qu'elle s'était promis de relire. *Moby Dick* en faisait partie.

Betty avait une dizaine d'années lorsque s'était instauré ce rituel du samedi après-midi. La décision avait été prise par ses parents, au motif que « cela leur ferait le plus grand bien, à l'une comme à l'autre ».

Habituée à la compagnie des enfants et n'en ayant pas eu elle-même, Margaret ne s'en était jamais plainte. Quant à Betty, une fois expédiée la corvée des devoirs, elle aimait écouter Margie lui raconter la vie des uns et des autres, ceux qui avaient quitté la ville et ceux qui y vivaient encore, voisins, amis, commerçants... Cependant, les années passant, Margaret s'était mise à ressasser souvent les mêmes histoires et Betty s'était petit à petit rendu compte qu'elle se fichait à présent éperdument de savoir que la boulangère avait quitté son mari, que le facteur s'était fait mordre par le chien du notaire, ou que le nouvel instituteur, un gaillard à queue-de-cheval qui courtisait Mlle Ribbes, avait l'air d'un drôle de type. À seize ans passés, Betty rêvait d'aventure, de voyages et d'amour, et c'est d'une oreille de plus en plus distraite qu'elle écoutait tante Margie lui parler des grands écrivains entre deux remarques perfides sur sa jeune voisine qui ne se levait jamais avant dix ou onze heures et élevait horriblement mal son gamin. Pourtant, ce jour d'avril où elle se retrouva en train de déguster une menthe à l'eau bien fraîche à la terrasse de *La Grande Ourse* en face d'un dénommé Jonathan, Betty remercia en secret sa vieille tante du fond du cœur. C'est en effet grâce à elle qu'elle fut en mesure d'impressionner favorablement Jonathan lors de leur première rencontre. Bien loin d'imaginer qu'elle croiserait un jour la route d'un garçon passionné par la pêche à la baleine, elle ne fut pas peu fière d'être en mesure de lui raconter par le menu la vie de Herman Melville, reprenant pratiquement mot pour mot tout ce que Margie lui avait relaté le samedi précédent. Elle se prit d'ailleurs si bien au jeu que cela lui donna comme une soudaine envie de se mettre à lire. Dans le bus qui l'emmenait chez sa tante, elle ouvrit *Moby Dick* et se plongea dans les premières lignes. Puis elle soupesa le volume de sept cents pages et le referma en soupirant. Ça avait vraiment l'air d'être une bonne histoire, mais pourquoi son auteur ne l'avait-il pas racontée en cent ou cent cinquante pages ? Elle rouvrit le livre et fit une nouvelle tentative. Non, décidément, les phrases étaient *trop, trop* longues et c'était écrit bien *trop* petit.

Elle sortit son lecteur MP3 et enfonça les écouteurs dans ses oreilles.

7

S'il est un lieu sans lequel Cotteville n'aurait plus été Cotteville, c'est bien *La Grande Ourse.*

Situé sur la grande place, en face de l'*Hôtel de la Plage* et non loin de l'église, l'établissement bénéficiait d'un emplacement exposé plein sud et abrité du vent, ce qui lui permettait d'accueillir des clients en terrasse jusque tard dans la saison. Autrefois restaurant gastronomique, puis salon de thé longtemps fréquenté par une clique de bigotes désœuvrées, il avait été vendu une quinzaine d'années auparavant et son rachat avait occasionné bon nombre de commérages, auxquels seuls le temps, une longue patience et des trésors de mansuétude avaient fini par mettre un terme. Il faut dire que la nouvelle propriétaire était ce qu'on appelle « un personnage ». Grande femme au corps solide et généreux, Louise Berman se distinguait par une force de caractère alliée à un inégalable bagout qui lui valurent immédiatement la réputation d'être quelqu'un qui « n'avait pas la langue dans sa poche », n'était « pas du genre à s'en laisser compter » et qui ne « se laisserait certainement pas marcher sur les pieds ». Ce en quoi l'on n'avait pas tort. Cependant, derrière ces airs faussement farouches et ces fanfaronnades de virago de carnaval se dissimulaient pour qui savait les voir une grande sensibilité, une infinie tendresse et un amour profond de l'humanité. En bref, une personnalité hors du commun.

Mais ce n'était pas tout. L'arrivée de Louise Berman bouleversa la routine de Cotteville pour au moins deux autres raisons. La première fut que l'on se demandait quel genre d'homme pouvait bien l'avoir épousée. On attendait donc impatiemment de voir la tête du mari.

Il arriva deux semaines plus tard.

Les colporteurs de ragots se frottèrent les mains et les bookmakers du dimanche en eurent pour leur argent : ce n'était pas un mari, c'était une Marie. Une joyeuse brune piquante au corps nerveux et élancé. Situation encore inouïe à Cotteville, événement à marquer d'une pierre blanche, on assistait pour la première fois à l'installation d'un couple de femmes. Entre les tenants du « Vous vous rendez compte!... » et ceux du « Et alors, pourquoi pas? », ce furent heureusement les seconds qui finirent par l'emporter. Bien sûr, cela surprenait, surtout au début, mais il s'agissait de personnes « tout à fait correctes, aimables et discrètes », et il y avait à Cotteville une règle tacite que la majorité des habitants avaient faite leur: on pouvait tolérer certaines bizarreries ou extravagances du moment que cela ne faisait de mal à personne et ne troublait pas l'ordre public. Il fallut tout de même deux ou trois ans pour que Louise et Marie soient totalement acceptées – à quelques exceptions près, car il y a malheureusement toujours des exceptions – et il faut dire que leur naturel avenant, communicatif, serviable et généreux y fut pour beaucoup.

Le deuxième événement qui vint perturber les habitudes des citoyens, et plus particulièrement des dames de Cotteville, fut la transformation de leur salon de thé. Établissement un peu vieillot à l'atmosphère feutrée qui sentait bon le cacao et les thés parfumés, *Le Chat dans la théière* fut rebaptisé *La Grande Ourse*, sa façade fut ravalée, les peintures refaites, les rideaux changés, le mobilier remplacé, ce qui lui donna un incontestable coup de jeune et le rendit méconnaissable. Là encore, il fallut un certain temps pour que tout le monde s'habitue. Mais ce qui surprit le plus, ce ne fut pas tant la modification de l'aspect de l'établissement que la redéfinition de sa vocation. En effet, les nouvelles propriétaires avaient un « projet », lequel avait manifestement emballé les autorités municipales. *La Grande Ourse* ne serait ni un restaurant ni un salon de thé, mais ce qu'elles appelaient un « café littéraire ». À la fois librairie et estaminet, *La Grande Ourse* se voulait avant tout un endroit propice à la rencontre, à l'échange et au partage. Lieu de culture, mais surtout lieu chaleureux et accueillant. Louise s'occupait plutôt de la partie café, tandis que la librairie revenait de préférence à Marie. Elles organisèrent des concerts le premier samedi de chaque mois, invitèrent des écrivains à venir faire des lectures, des philosophes et des scientifiques à animer des causeries et des débats. Au bout d'un an, *La Grande Ourse* était devenue l'établissement le plus fréquenté de la ville. On y croisait des gens de tous âges et de toutes origines, les uns y passaient pour se détendre après une journée de travail, les autres venaient en famille manger une glace le samedi après-midi, les lycéens s'attablaient par grappes entières et refaisaient le monde, les amoureux s'isolaient dans un coin pour pouvoir s'embrasser tranquillement, les livres circulaient, les idées s'échangeaient.

On eut bientôt l'impression que Louise et Marie avaient toujours été là.

Elles décidèrent de rester.

8

Deux semaines après leur première rencontre, Betty et Jonathan se promenaient en ville main dans la main lorsqu'ils croisèrent Mlle Ribbes. Betty se raidit en la voyant approcher tout sourire. La bibliothécaire les salua tous les deux, puis annonça à Betty :

– J'ai croisé ta tante hier après-midi, elle semble en pleine forme. Elle m'a dit qu'elle viendrait elle-même chercher ses livres vendredi, à cause de la rencontre qui doit avoir lieu à dix-huit heures à *La Grande Ourse*. Tu connais le thème ? « Polar au féminin », ça promet d'être passionnant ! Il y aura cet auteur si connu... Zut ! son nom m'échappe... C'est cette femme qui écrit des thrillers qui donnent la chair de poule...

Jonathan lança à Betty un regard interrogateur. Gênée, celle-ci balbutia :

– Heu... non... Qui ça, déjà ?... Je ne vois pas...

– Mais si ! Elle est archiconnue !

–Mary Higgins Clark ?... P. D. James ?... Patricia Highsmith ?... Ruth Rendell ?... hasarda Jonathan, qui affectionnait particulièrement le coin « polar » qui se trouvait dans l'arrière-salle de *La Grande Ourse*.

Mlle Ribbes pouffa :

– Patricia Highsmith est morte, mon garçon ! Quant aux autres... non ! non ! il s'agit de quelqu'un de beaucoup plus jeune que cela...

– Patricia Cornwell ? Elizabeth George ?

– Non, pas une Américaine... Ah ! mais comment s'appelle-t-elle, déjà ?! Écoutez, ce n'est pas grave, ça me reviendra. Tout ça pour dire, Betty, que ta tante a prévu de faire un saut à la bibliothèque juste avant la rencontre, pour emprunter du polar, justement. Elle m'a dit qu'elle avait terminé *Moby Dick*, quelle lectrice incroyable ! Et quelle immense culture ! Vraiment, elle est épatante. Tu as de la chance de pouvoir passer si régulièrement du temps avec elle...

Dansant d'un pied sur l'autre comme si elle avait eu atrocement envie de faire pipi, Betty était au supplice. Heureusement, Mlle Ribbes ne s'attarda pas car la bibliothèque ouvrait dix minutes plus tard.

– Elle est un peu folle, tu ne trouves pas ? fit Jonathan en la regardant s'éloigner d'un pas sautillant.

Comme Betty ne répondait pas, il se tourna vers elle. Elle était devenue si rouge que Jonathan éclata de rire.

– Dis donc, vilaine cachottière, je suis impatient de connaître ta tante. Je pense que nous aurons plein de choses à nous dire...

Betty prit un air renfrogné et finit par avouer sa petite supercherie de fort mauvaise grâce avant de demander piteusement :

– Tu m'aimes encore ?

Le nez au vent et le regard lointain, Jonathan répondit :

– Je vais réfléchir...

En réalité, l'habile mensonge de Betty ne le dérangeait pas beaucoup, dans la mesure où il n'avait lui-même été jusqu'à présent qu'un lecteur occasionnel. *Moby Dick* faisait juste partie des quatre ou cinq livres qui l'avaient marqué et il n'y pensait jamais sans une certaine émotion. Le fait qu'il s'agisse d'un cadeau fait par son grand-père n'y était sans doute pas étranger, mais il y avait autre chose. En lisant ce roman, Jonathan avait pour la première fois de sa vie éprouvé une étrange fascination où le plaisir se mêlait à la crainte. C'était d'ailleurs bien plus que de la fascination, il s'était littéralement senti *absorbé* par le livre, au point de ne pouvoir le lâcher et de s'y abîmer des heures durant, de jour comme de nuit. La lecture terminée et le livre refermé, il avait ressenti comme un déchirement comparable à la douleur de la séparation. Cela l'avait troublé et il était resté plusieurs mois sans pouvoir se plonger dans un autre roman.

Il savait qu'il avait trouvé là *son livre*, le livre de sa vie, comme on trouve la femme de sa vie, et qu'il demeurerait à jamais son compagnon. Il n'en voulait nullement à Betty d'avoir si bien réussi à lui faire croire qu'elle l'avait lu. Il se disait que c'était une maligne et cela n'était pas pour lui déplaire. En revanche, il ressentait une cruelle déception à l'idée de ne pas pouvoir réellement partager avec elle sa passion pour ce livre. C'est à ce niveau-là qu'il se sentait trahi. C'était comme si elle avait été incroyablement proche de lui et que, tout à coup, il s'était rendu compte que ce n'était qu'une illusion.

Alors qu'ils mangeaient une glace à *La Grande Ourse*, il essaya de lui expliquer à quel point c'était important pour lui, il tenta même de lui décrire la sensation brutale de vide et de froid qu'il avait éprouvée. Mais Betty se mit à son tour à rire et lui dit qu'il dramatisait. Se sentant incompris, il s'énerva et elle rit de plus belle, ajoutant qu'il avait un « incroyable sens du tragique ».

Il répondit qu'elle ne croyait pas si bien dire et se barricada dans un silence têtu. Betty haussa les épaules et soupira :

– Bon écoute, John, je rentre. Quand tu auras fini de bouder, tu me feras signe.

Avec un sourire coquin, elle ajouta :

– Tu sais que tu es très beau quand tu es en colère ?

Soudain furieux, il s'écria :

– Mais je ne suis pas en colère !...

Betty haussa les épaules et s'éloigna sans se retourner. Il fallut quelques secondes à Nat pour réaliser qu'elle venait de le planter là avec un calme olympien. C'était bien la première fois qu'on lui faisait un coup pareil ! Vexé, il se leva si brusquement qu'il heurta le bord de la table, envoyant valser sa coupe de glace qui explosa sur le carrelage de la terrasse. Tout à coup aussi honteux qu'un gosse qui a fait une bêtise, il se pétrifia sous les regards des autres clients puis s'agenouilla pour ramasser les morceaux de verre épars sur le sol. La grande silhouette rassurante de Louise le rejoignit de son pas tranquille, le balai dans une main et la pelle dans l'autre.

– Laisse ! Tu vas pas te couper en plus...

En quelques gestes rapides et précis, elle fit disparaître toute trace de l'incident. D'un regard, elle l'enjoignit de la suivre à l'intérieur. Dans la pénombre de l'arrière-salle, elle lui posa la main sur l'épaule.

– Qu'est-ce qui t'arrive, mon poussin ?

Louise était bien la seule personne qui serait jamais autorisée à appeler Jonathan « mon poussin ».

– Mais rien du tout !...

D'une légère pression, elle l'obligea à lui faire face. Sa main large et épaisse ne relâchait pas son étreinte bienveillante.

– Elle est pas bien, cette petite ?

– Mais si ! C'est moi qui... Enfin, je sais pas...

– C'est compliqué quelquefois, tout ça, hein ?

– Ouais...

– Bon. Si t'as envie de parler, tu sais que je suis là. La môme et toi, je vous connais depuis tout petits. Je parierais même que vous vous êtes un jour croisés ici sans le savoir. Alors tu vois, je me sens un peu votre marraine. Et je vais te dire un truc, vous êtes deux mignons petits lapins...

Jonathan sourit malgré lui.

– Allez... ne t'énerve pas, prends ton temps, la vie est longue.

Le regard de Jonathan s'assombrit.

– Pas toujours...

– Raison de plus pour profiter des bons moments.

–Mmmmm...

–Allez, file maintenant ! Et n'oublie pas de l'appeler ce soir pour lui proposer un ciné.

–Tu crois ? Elle va me jeter.

–T'y connais rien aux femmes. Moi si. En vingt ans, je peux te dire que la mienne m'en a fait voir de toutes les couleurs. Alors écoute ce que je te dis.

–Marie et toi, ça fait vingt ans ?

–Parfaitement ! Alors arrête tes couillonnades et va donc faire un jogging, ça te remettra les idées en place. Ensuite, tu l'emmèneras voir un bon film, mais surtout, laisse-la choisir. Allez, disparais, je veux plus te voir.

D'un coup de patte, Louise lui ébouriffa les cheveux et le poussa dehors. Jonathan rentra chez lui le cœur moins lourd.

9

Les choses auraient pu s'en tenir là. Au début, tout alla bien. Betty était une fille toujours gaie et dynamique, et tout à fait ravissante, ce qui ne gâte rien. Jonathan était plutôt fier de se montrer en sa compagnie et la plupart de ses copains le jalousaient férocement. Cependant, il ne tarda pas à se rendre compte que quelque chose clochait. C'était assez indéfinissable, une sorte d'impression générale, de sensation désagréable, une insatisfaction difficile à expliquer. Il attendait toujours leurs rendez-vous avec impatience, mais son enthousiasme retombait assez vite dès qu'ils se retrouvaient ensemble et il finissait souvent par être presque content quand venait le moment de se séparer. Pourtant, il n'avait rien de précis à reprocher à Betty.

C'était sa première histoire sérieuse avec une fille, toutes les autres n'avaient été que des petits flirts vite oubliés, et il avait bien conscience que Betty était différente. Mais c'était justement là que résidait le problème : il avait le sentiment qu'avec elle quelque chose de vraiment important *aurait pu* avoir lieu, mais ne se faisait pas réellement. Les autres filles l'agaçaient parce qu'elles étaient *trop*, avec Betty, il ressentait à l'inverse une espèce de *pas assez*. Quelque chose qui était de l'ordre du manque. Il aurait voulu qu'elle le comprenne comme personne, qu'elle le connaisse par cœur, qu'elle le devine, qu'elle aille au-devant de ses souhaits, qu'elle aime tout ce qu'il aimait, qu'elle soit gaie quand il était gai, triste quand il était triste, qu'ils aient tout le temps envie des mêmes choses au même moment, qu'elle l'appelle quand il pensait à elle, qu'elle le laisse tranquille quand il avait besoin de solitude... Bien sûr, il savait que c'était impossible et il s'en voulait d'être comme ça. Au nom de quoi pouvait-il se permettre une telle exigence ? C'était totalement absurde, irrationnel, irréalisable. N'importe qui lui aurait dit que ce n'était pas ça l'amour, il aurait répondu qu'il le savait parfaitement, mais c'était plus fort que lui, il ne pouvait s'empêcher d'être perpétuellement déçu. Betty se rendait évidemment compte que quelque chose n'allait pas et elle essaya à plusieurs reprises d'en parler avec lui, mais il se contenta de dire que cela ne venait pas d'elle, que c'était lui qui avait un problème et qu'il était désolé parce qu'il ne voulait pas lui faire de mal. Pendant plusieurs jours d'affilée, il lui arrivait d'être brusquement froid et distant, sans raison apparente, puis il la rappelait, voulait absolument la voir le plus vite possible et lui tombait dans les bras, redevenant soudain tendre et enjoué sans qu'elle comprenne jamais ce qui motivait ces changements d'humeur. Il s'excusait, demandait pardon et disait qu'il était une sorte de docteur Jekyll parasité malgré lui par un Mister Hyde dont il se serait volontiers débarrassé. Sincèrement amoureuse, Betty ne demandait qu'à l'aider, mais elle ne savait comment faire et se sentait de plus en plus désemparée. Au bout de près de trois mois de valse-hésitation, Jonathan en vint à se dire qu'il serait peut-être préférable de mettre fin à leur histoire avant que Betty ne commence à souffrir pour de bon.

10

Un matin au petit déjeuner, Jonathan eut la désagréable surprise d'entendre sa mère déclarer d'un ton qui se voulait détaché :

–Je t'ai aperçu l'autre jour en ville avec ta petite amie... Il m'a semblé reconnaître la petite Betty, non ?... Évidemment, elle a bien grandi... Mlle Ribbes m'a dit que c'était une jeune fille très bien. Je suis très heureuse pour toi, je veux dire, je suis contente que tu... Mais enfin, tu sais, tu pouvais nous en parler... Ton père et moi ne voyons absolument aucune objection à ce que... Enfin, voilà, tu peux nous la présenter quand tu veux, elle est la bienvenue...

–On n'est plus ensemble, coupa Jonathan.

–Pardon ?

– Elle et moi, c'est fini, dit-il d'un ton sec.

Le visage de sa mère se contracta, puis ses traits s'affaissèrent.

– Oh ! je suis désolée, je...

Au moment où elle lui posait la main sur l'épaule, il se leva brusquement.

– Il faut que j'y aille, je suis à la bourre.

– Oui, oui, bien sûr, vas-y...

Il l'embrassa furtivement sur le front et lui lança « À c' soir » avant de disparaître. Babeth s'assit à la table de la cuisine et se resservit un café. Elle pensa qu'il était fort peu probable qu'un élève soit sanctionné pour un retard le dernier jour de cours. Elle se dit également qu'elle venait de perdre une bonne occasion de se taire.

11

Durant toute la journée, Jonathan se répéta qu'il avait pris la bonne décision et que c'était ce qu'il avait de mieux à faire. Après tout, cela faisait un moment que l'idée lui trottait dans la tête et, sans le vouloir, sa mère lui avait rendu service. Dans un coin de son cerveau, une petite voix interrogeait cependant sans relâche :

– Pourquoi as-tu réagi ainsi ? Pourquoi refuses-tu de présenter ta petite amie à tes parents ? Tu sais pertinemment que ta mère était sincère...

– C'est MA vie ! Ça ne la regarde pas.

– De qui as-tu honte ? D'elle ? D'eux ? De toi ?...

– Je n'ai pas honte, je ne veux pas qu'ils connaissent Betty ni que Betty les connaisse, c'est tout.

– Tu oublies que tu habites une petite ville. Pratiquement tout le monde se connaît. Tous les enfants ont fréquenté la même école primaire. Ta mère se souvenait très bien de Betty, alors tu vois...

– C'est amplement suffisant. Elle n'a pas besoin d'en savoir davantage.

– Tu sais comment sont les femmes, elle a déjà dû passer dix coups de fil à ses copines pour obtenir des renseignements sur elle. Mlle Ribbes a bon dos...

– Ouais, ben, raison de plus ! La prochaine fois, je choisirai une fille que personne ne connaît. Quelqu'un qui ne sera pas d'ici, ça résoudra le problème. J'en ai assez de leurs regards dégoulinants de bienveillance et de compassion, ras le bol ! Depuis douze ans, je ne peux pas faire un pas dehors sans que tout le monde se congratule, pousse des soupirs de soulagement ou prenne des airs émerveillés. C'est insupportable, on dirait que je suis un miraculé. Ils ne peuvent pas tout simplement me laisser vivre ? Est-ce que je m'occupe de ce qu'ils font, moi ?...

Il décida de parler à Betty le plus tôt possible. Il écarta cependant l'éventualité d'un coup de téléphone, jugeant la méthode à la fois lâche et peu élégante. Ils avaient prévu de se voir quatre jours plus tard, il attendrait donc de se retrouver en face d'elle. Soulagé par ce délai, il se sentit soudain moins angoissé et décida de profiter de ces dernières heures passées au lycée avec ses copains. Presque tous partaient le soir même ou le lendemain et ne parlaient que de leurs vacances. Jonathan resta évasif sur ses projets. Danny lui avait promis de venir le chercher fin août pour l'emmener à la montagne dans un endroit qui serait à coup sûr un «bon coin pour la pêche». De beaux moments en perspective, sur lesquels il s'étendit volontiers. En revanche, il se garda bien de dire à ses camarades qu'il resterait à Cotteville tout le mois de juillet. Au printemps précédent, il avait annoncé à ses parents qu'il avait décidé de travailler. Il s'était dit qu'il y aurait bien quelqu'un à Cotteville qui accepterait de le prendre pour un job d'été. Mais lorsqu'on est un peu trop sûr d'obtenir ce qu'on veut, on a bien souvent tendance à ne pas y mettre l'énergie suffisante. Très vite, il avait eu la tête prise par autre chose. La recherche du job avait été repoussée de semaine en semaine et la fin du mois de juin était arrivée avant même que Jonathan ne réalise qu'il était trop tard. Maintenant, il se sentait très mal à l'aise à l'idée de devoir annoncer à ses parents qu'il n'avait rien trouvé. Et encore plus mal lorsqu'il se demandait comment il allait bien pouvoir tuer le temps pendant cet interminable mois de juillet. Derrière l'idée du petit boulot d'été, il y avait eu le projet inavoué de se faire suffisamment d'argent de poche pour pouvoir se payer trois ou quatre jours à la mer. À un moment, il avait même songé emmener Betty avec lui. Une idée un peu dingue... Et puis, de crise de doute en prise de bec, tout cela avait fini par devenir de plus en plus flou, jusqu'au jour où, sans en avoir pleinement conscience, il avait tout bonnement fini par renoncer. C'était un peu comme si, dans le fond, une part de lui-même se refusait au bonheur. Comme si ça n'était pas pour lui, ces choses-là. Comme s'il ne les méritait pas.

– *Nat... reconnais-le, t'as merdé,* fit la petite voix.

T'as merdé avec Betty.

T'as merdé avec le job.

Bilan : «Peut mieux faire»...

Il quitta le lycée après avoir serré la main de tous ses potes en leur souhaitant de bonnes vacances. Il sourit quand ils lui tapèrent dans le dos en lui disant : «Occupe-toi bien de Betty pendant les vacances, on compte sur toi pour en faire une vraie femme...», «Si vous partez à deux, faites gaffe de pas revenir à trois !», «Eh ! Nat ! te laisse pas passer la bague au doigt, n'oublie pas que t'es encore jeune !... » Il rit avec eux. Répondit qu'il tenait trop à sa liberté et qu'elle n'était pas encore née, celle qui réussirait à le piéger.

Lorsqu'il se retrouva seul, il se sentit brusquement vide, indécis et vasouillard. Pas vraiment fier de lui.

12

Dans l'autobus qui le ramenait du lycée, Jonathan céda sa place à une dame âgée. Celle-ci le remercia sans vraiment le regarder et s'installa avec empressement. Si elle ne fit pas attention à lui, Jonathan en revanche l'avait reconnue, et ce n'était pas précisément le genre de personne qu'il avait envie de voir à ce moment-là : Margaret, la tante de Betty.

Le bus étant plein, Jonathan n'avait pas d'autre choix que de rester debout dans l'allée tout près d'elle. Il s'arrangea néanmoins pour lui tourner le dos, afin de couper court à tout échange éventuel. Il avait besoin de réfléchir tranquillement et ne voulait surtout pas penser à Betty.

Mais tante Margie se tourna vers la femme qui était préalablement assise à côté de Jonathan et engagea aussitôt la conversation avec elle. Toutes deux se connaissaient et semblaient ravies de se rencontrer.

– Vous avez appris la nouvelle? attaqua d'emblée Margaret en posant la main sur l'avant-bras de sa voisine.

Puis, sans laisser à celle-ci le temps de répondre, elle enchaîna :

– *Cotte House* a trouvé un locataire !

– Vous êtes sérieuse ?!!

– Tout ce qu'il y a de plus sérieuse.

– Mais cela fait au moins vingt ans que...

Malgré lui, Jonathan tendit l'oreille.

– C'est incroyable, n'est-ce pas?

– *Cotte House* à nouveau habité ! Je n'arrive pas à le croire...

– Et pas par n'importe qui, s'il vous plaît ! gloussa Margaret.

– Ah bon ? Des gens importants ?

– Pas *des gens*, une seule personne. Et une femme en plus !

– Une femme ?!!

Il est vrai qu'il y avait là de quoi être surpris. *Cotte House* était une demeure ancienne et cossue, située en marge d'un des plus beaux quartiers de Cotteville. Elle devait son nom à un architecte, Herman Cotte, descendant d'un des fondateurs de la ville, qui l'avait fait bâtir une centaine d'années auparavant en vue de posséder un lieu de villégiature susceptible d'accueillir sa nombreuse famille. Le pauvre homme n'eut malheureusement pas le loisir d'en profiter beaucoup, car il sombra quelques années plus tard dans une étrange folie qui nécessita son internement. À sa mort, *Cotte House* revint à ses enfants. Mais, comme tous vivaient dans des villes plus importantes où les retenait leur profession, la maison resta inhabitée pendant une dizaine d'années. Puis l'aîné des fils Cotte vint y passer régulièrement ses vacances avec sa femme et ses enfants et lorsqu'il prit sa retraite, en 1960, le couple décida de venir s'y installer. Bien sûr, la maison était bien trop grande pour eux deux, mais ils s'y plaisaient car cela permettait à chacun d'avoir « ses appartements », ce qui est parfois appréciable au bout de quarante ans de vie commune. Malheureusement, un soir de janvier 1965, Mme Cotte eut un malaise alors qu'elle se trouvait dans l'escalier du deuxième étage et fit une chute mortelle. Terrassé par l'accident, M. Cotte quitta la maison et jura de ne plus jamais y remettre les pieds. La gestion de *Cotte House* fut alors confiée à un cousin qui en fit un foyer d'accueil pour enfants et adolescents placés. C'est au milieu des années soixante-dix qu'un nouveau drame survint. Une nuit, un adolescent se jeta d'une fenêtre du troisième étage et fut tué sur le coup. La maison fut fermée, le cousin refusa désormais de s'en occuper, prétendant que « la baraque était mauvaise » et qu'il ne s'y était jamais senti bien. La famille la mit en vente. Elle ne trouva pas d'acquéreur. Au début des années quatre-vingt, un couple avec trois enfants se présenta pour la louer. Ils restèrent six mois, puis quittèrent les lieux lorsque la femme dut être hospitalisée pour une grave dépression nerveuse. On commença alors à se poser des questions à Cotteville. Les rumeurs et les superstitions les plus délirantes se mirent à circuler. On prétendait que *Cotte House* était la proie d'esprits malins, on l'appelait « la maison qui rend fou » ou, pire, « la maison qui tue ». Les années passèrent, plus personne ne vint y habiter. Peu à peu, elle sombra dans l'oubli, on s'habitua à sa présence silencieuse, sa grande façade aux volets fermés où la vigne vierge gagnait chaque année du terrain faisait partie du décor. En passant devant, les gens levaient les yeux vers elle, disaient souvent « Cette maudite bicoque tient toujours debout », puis ils poursuivaient leur chemin. Certains frissonnaient ou se signaient, les vieux surtout. Les enfants jouaient à se faire peur en venant parfois rôder la nuit près de la « maudite bicoque ». L'agent immobilier la conservait sans grand espoir dans ses fichiers. À ses yeux, le seul « mauvais sort » qui s'était jamais acharné sur cette maison était une malchance somme toute banale, un malheureux concours de circonstances qui avait conduit cette magnifique bâtisse à un abandon progressif, faute d'acquéreurs.

– La conjoncture économique y est pour beaucoup, expliquait-il. Aujourd'hui, les gens préfèrent investir sur le littoral ou dans des régions plus touristiques que la nôtre. Mais qui sait? *Cotte House* deviendra peut-être un lieu pour les séminaires... ou une maison de retraite!

En résumé, personne n'aurait imaginé voir à nouveau quelqu'un s'y installer un jour, et Jonathan se demandait, lui aussi, qui pouvait bien être la mystérieuse locataire.

– Toute seule dans cette bâtisse? reprit la voisine de tante Margie. Eh bien, elle n'a peur de rien, celle-là!

– Vous ne croyez pas si bien dire. La peur, ça la connaît. C'est même son fonds de commerce!

– Que voulez-vous dire? Oh, Margie, ne me faites pas languir!...

Mais Margaret saisit soudain à deux mains le dossier du siège qui se trouvait devant elle et s'y cramponna pour se lever.

– Ah! j'ai bien failli manquer mon arrêt. Pardon, jeune homme, c'est là que je descends.

Jonathan s'effaça pour la laisser passer.

– Si vous voulez en savoir plus, passez donc à *La Grande Ourse* ! lança Margie à sa voisine éberluée. Moi, j'y vais de ce pas ! Ce n'est pas tous les jours qu'il se passe des choses intéressantes à Cotteville...

N'ayant rien de particulier à faire et aucune envie de rentrer chez lui, Jonathan descendit aussi.

13

La terrasse de *La Grande Ourse* était pleine de monde. Sur un panneau de bois placé à l'entrée, on pouvait lire :

Vendredi 1er juillet à 18 heures
Rencontre-dédicace
avec
Katherin Bets
autour de son dernier roman
La Nuit du loup

Marie zigzaguait entre les tables, un plateau chargé à la main. Elle sourit en apercevant Jonathan et lui fit un petit clin d'œil.

– Il y a de la place à l'intérieur ? lui demanda-t-il.

– Oui, ça commence dans quinze minutes environ et tout le monde n'est pas encore arrivé. Entre !

Jonathan traversa la salle. Les tables et les chaises avaient été disposées de manière à former deux ou trois rangées en arc de cercle. Juste en face, sur une table recouverte d'une nappe rouge, on pouvait voir plusieurs piles de livres neufs, tous identiques : *La Nuit du loup*. Nat se faufila jusqu'à l'arrière-salle. Sa table favorite était libre. Il se glissa sur la banquette en cuir avec un soupir d'aise. Lorsque ses yeux se furent accommodés à la pénombre, il remarqua une femme assise seule sur la banquette du fond, celle qui jouxtait les étagères du rayon « polar ». Jonathan ne l'avait jamais vue à *La Grande Ourse*. Elle n'était probablement pas de Cotteville, les concerts et les rencontres organisés par Louise et Marie attiraient souvent du monde à des kilomètres à la ronde. Jonathan promena son regard sur les rayonnages de livres et en profita pour observer l'inconnue. Sur la table devant elle, une bière tiédissait tandis qu'elle notait des choses au crayon dans un petit carnet noir à couverture de cuir. Leurs regards se croisèrent et Jonathan ressentit comme un léger picotement au creux du ventre. Il y avait dans les yeux de cette femme quelque chose d'intense et de profond qu'il n'avait encore jamais rencontré. Au milieu de ce visage carré à la mâchoire volontaire et à la peau tannée, le regard clair apportait une touche inattendue de fraîcheur qui était presque troublante. Jonathan baissa les yeux et fit semblant de lire la carte des boissons.

– Tiens ! Voilà le plus beau ! C'est bien que tu sois là, tu sais ?

Louise passa un rapide coup de chiffon sur la table de Jonathan avant de faire sonner deux bises enthousiastes sur ses joues. Sentant que l'inconnue les regardait, Nat rougit.

– Qu'est-ce que je te sers, mon poussin ? demanda Louise en lui ébouriffant les cheveux.

Pour la première fois, Jonathan fut agacé de l'entendre l'appeler « mon poussin ».

– Un thé glacé, s'il te plaît.

– Tu es sûr que ça va, toi ? Tu as ta tête des mauvais jours.

– Non, non, je t'assure. J'ai fini les cours, c'est cool.

– Tu as lu *La Nuit du loup* ?

Jonathan secoua la tête.

– Je t'en mets un de côté, tu pourras le faire dédicacer.

– Mais...

– Ne t'en fais pas, c'est la maison qui te l'offre. Tu verras, je suis sûre que ça te plaira !

Sans lever les yeux de son carnet, l'inconnue sourit. Cherchant à se donner une contenance, Jonathan fouilla dans la besace qui lui servait de sac de classe et en sortit la première chose qui lui tomba sous la main. C'était un roman qu'il devait rendre à la bibliothèque, *Des souris et des hommes*, de John Steinbeck, le dernier livre qu'il avait étudié en cours de littérature. Il avait beaucoup aimé la terrible histoire de George et Lennie, étranges compagnons d'infortune tenus par un même rêve. Un peu triste à l'idée de devoir s'en séparer, Nat feuilleta le livre et relut un passage qu'il avait souligné au crayon.

« George dit :

– Les types comme nous, ils n'ont pas de famille. Ils s' font un peu d'argent, et puis ils le dépensent tout. Y a personne dans le monde pour se faire de la bile à leur sujet...

– *Mais pas nous*, s'écria Lennie tout heureux. Raconte comment c'est pour nous.

George resta un instant tranquille :

– Mais pas nous, dit-il.

– Parce que...

– Parce que moi, j' t'ai et...

– Et moi, j' t'ai. On est là tous les deux à se faire de la bile l'un pour l'autre, voilà ! s'écria Lennie triomphant[1]. »

---

1. John Steinbeck, *Des souris et des hommes*, Gallimard, « Folio », n° 37, p. 171.

Deux amis. Deux frères. Et pourtant, à la fin de l'histoire, George tue Lennie.

– *George tue Lennie !...*

Bon sang, comment une monstruosité pareille est-elle possible ?

– *Mais tu le sais bien, toi, que c'est possible. C'est même affreusement possible !...*

Jonathan sentit sa gorge se nouer. Il referma le livre. Le rangea dans son sac. Jeta au passage un rapide coup d'œil vers la femme au carnet. Elle l'observait. Il avala son thé et se leva.

14

— Bonjour à tous et merci d'être venus si nombreux ! Nous avons la joie d'accueillir ce soir quelqu'un qu'on ne présente plus. Reine du mystère et du suspense, qui a su s'inscrire dans une filiation des plus prestigieuses et une tradition qu'elle excelle à renouveler pour notre plus grand plaisir, auteur de trois best-sellers à qui nous devons d'inégalables nuits d'insomnie, elle a décidé de remettre ça avec un quatrième roman dont le titre à lui seul nous fait déjà frémir d'angoisse. Mesdames et messieurs, j'ai nommé... Katherin Bets !

Un tonnerre d'applaudissements emplit la salle comble de *La Grande Ourse*.

Un large sourire illuminant son visage, Louise tendit le bras pour accueillir une femme à la silhouette gracile qui, jusque-là, s'était tenue dans l'ombre. Elle devait avoir une quarantaine d'années, mais elle avait conservé des allures d'adolescente dans son maintien comme dans sa façon de s'habiller. S'avançant dans la lumière, elle garda les yeux fixés sur le sol jusqu'à ce qu'elle ait rejoint Louise. Alors seulement, Katherin Bets se plaça face au public qui l'acclamait et, relevant le menton avec un léger sourire, lui offrit son beau regard clair. Jonathan eut un coup au cœur. C'était l'inconnue au carnet noir.

Tandis que l'écrivain s'asseyait derrière les piles de livres disposées de chaque côté de la nappe rouge, Louise enchaîna :

– Avant de laisser la parole à notre invitée qui se fera un plaisir de répondre à toutes vos questions, je voudrais vous annoncer une nouvelle qui, je pense, ne laissera aucun de vous indifférent. C'est aujourd'hui, vous le savez, la seconde fois que nous accueillons Katherin Bets. Certains d'entre vous étaient sans doute également présents parmi nous il y a quelques mois, lorsque nous avons organisé une table ronde sur le thème « Polar au féminin : les femmes seraient-elles plus cruelles que les hommes ? »...

Un murmure d'approbation parcourut la salle.

– Mesdames et messieurs, laissez-moi vous confier un secret. Aussitôt après cette rencontre, Katherin est venue me trouver et elle m'a dit : « J'ai un coup de cœur pour Cotteville. C'est exactement le genre d'endroit que je cherche pour pouvoir travailler loin de l'agitation de la capitale. Est-ce que vous pourriez me trouver quelque chose à louer pour deux ou trois mois ? »... Eh bien, aujourd'hui, avec son autorisation, j'ai l'immense bonheur de vous annoncer que c'est chose faite ! Mesdames et messieurs, je vous présente la nouvelle locataire de *Cotte House*...

Un long « Oooooooooh... » se fit entendre dans l'assistance.

Un monsieur qui se trouvait au premier rang se leva et déclara avec enthousiasme :

–... Et nous lui souhaitons la bienvenue au nom de tous les habitants de Cotteville !

C'était Franck Anderson, le maire de la ville.

– En espérant que votre séjour parmi nous vous inspirera un nouveau chef-d'œuvre ! ajouta-t-il, tandis que la salle crépitait à nouveau sous les applaudissements.

Et il ajouta en riant :

– Mes chers concitoyens, prenez garde ! À partir de cette minute, chacun d'entre vous est susceptible de devenir un personnage de roman noir !

– À commencer par vous, monsieur le maire... dit Katherin avec un fin sourire.

– Mais j'y compte bien ! Simplement, si vous pouviez éviter de faire de moi un assassin, j'aimerais autant !...

–Nul ne peut décider à l'avance quel rôle lui sera assigné. C'est comme dans la vie, monsieur le maire... répondit Katherin Bets.

Les rires fusèrent. Quelques personnes applaudirent de nouveau, puis Louise saisit un exemplaire de *La Nuit du loup* et donna le coup d'envoi :

–En attendant de découvrir à quelle sauce nous serons mangés, nous aimerions bien en savoir un peu plus sur ce fameux « loup », dont l'ombre rôde déjà parmi nous... Katherin, pourriez-vous nous présenter votre dernier roman, sans toutefois dévoiler ce qui ne doit pas l'être ?

–Mais avec plaisir...

Assis à l'extrémité de la deuxième rangée, Jonathan était fasciné. C'était la première fois qu'il voyait un écrivain en chair et en os. Pourtant, Louise n'avait jamais manqué de l'inviter à chaque séance de dédicace ou chaque table ronde depuis qu'il s'était mis à fréquenter assidûment *La Grande Ourse*, mais il n'était jamais venu. Pas libre, pris par des révisions ou des obligations diverses : il avait toujours trouvé un prétexte. En réalité, il avait peur de s'ennuyer et de ne pas se sentir à sa place au milieu des « intellos ». Mais en regardant autour de lui, il se rendit compte qu'il y avait là des gens très divers. Mlle Ribbes et tante Margie, bien entendu, mais il aperçut également la jeune employée de la boulangerie, une dame qui travaillait à la Poste, deux ou trois mères accompagnées de leurs enfants, un garçon d'une vingtaine d'années qui était employé à la station d'essence, le patron de l'*Hôtel de la Plage*, et même un policier municipal. Bref, pas vraiment le public d'enseignants, de professionnels du livre ou d'universitaires auquel il s'était attendu. Tout ce petit monde écouta avec la plus grande attention Katherin Bets présenter son livre, et lorsqu'elle en lut un extrait, tous, petits et grands, furent littéralement suspendus à ses lèvres. Elle avait une voix grave, légèrement rauque, au timbre à la fois profond et un peu voilé, ce timbre unique que donne souvent une longue pratique du tabac. Elle lisait bien, sans se précipiter, d'un ton égal sans être monocorde, dotant chaque phrase, chaque mot d'une épaisseur et d'une résonance qui captivaient immédiatement l'auditoire. Comme chacune des autres personnes présentes, Jonathan était sous le charme. Lorsque Katherin eut terminé sa lecture, Louise invita le public à lui poser des questions et il y eut une série d'échanges autour du thème choisi, des personnages, de la construction de l'intrigue, du travail de l'écrivain, etc. Bien que cette série de questions-réponses autour de la création soit tout à fait passionnante, Jonathan se rendit compte qu'il n'écoutait plus vraiment. Il avait un mal fou à se concentrer sur ce qui se disait car il était entièrement absorbé par autre chose. Il ne pouvait détacher ses yeux de Katherin, ne prêtait presque pas attention aux questions qu'on lui posait, mais guettait le moment où elle allait répondre, car il n'y avait plus que cela qui lui importait, l'entendre, la regarder parler. Il émanait de sa voix, de son regard, de chacun des gestes qui accompagnaient ses paroles quelque chose qui procurait à Jonathan une indéfinissable sensation de bien-être, quelque chose qui l'apaisait et le remplissait à la fois. Il ne comprenait pas du tout ce qui se passait, mais cela lui était égal. Il voulait juste que cela continue. Parce que cela lui faisait du bien. Oui, c'était juste ça, il se sentait tout à coup incroyablement bien. Et c'était énorme.

15

Une question finit cependant par le tirer de cette sorte de torpeur béate, une question que beaucoup avaient sur les lèvres sans oser la formuler. Ce fut le jeune homme de la station-service qui la posa :

– Madame Bets, vous avez décidé de louer *Cotte House* pour quelque temps...

Un silence impressionnant se fit soudain dans la salle. Il sembla que tout le monde s'était figé et retenait son souffle.

– ... Vous a-t-on parlé des rumeurs qui courent au sujet de cette maison ?

– Voyons ! Vous n'allez pas ennuyer madame Bets avec ces balivernes ! s'interposa le maire.

Katherin regarda le jeune homme droit dans les yeux et répondit tranquillement :

–J'ai en effet entendu dire deux ou trois petites choses au sujet de *Cotte House*. Mais c'est en partie ce qui m'a décidée à la louer. On ne peut pas imaginer un meilleur cadre pour un auteur de romans noirs, vous ne trouvez pas ?

Quelques rires discrets parcoururent la salle.

– Vous êtes sûre que vous n'aurez pas peur, toute seule là-haut ?

–Je ne me déplace jamais sans emmener de bons amis avec moi : Horace McCoy, Raymond Chandler, Dashiell Hammett... Des durs à cuire !

– Ce sont vos auteurs favoris ?

– Disons que ce sont ceux que je relis en ce moment.

– Vous ne croyez pas aux phénomènes inexpliqués ?

–Je n'ai pas dit cela. Mettons que je me fie à mon intuition. J'ai visité *Cotte House* et je n'ai senti que... comment pourrait-on dire ?... de *bonnes vibrations* ?

Cette fois, tout le monde rit ouvertement, à commencer par Franck Anderson, que l'insistance du jeune homme commençait à agacer. Puis Louise se leva et, tendant ses deux paumes ouvertes vers l'auditoire, elle ramena le silence :

– Bien ! Je crois qu'il est temps maintenant de passer à la deuxième partie de notre soirée. Je vous invite donc tous à venir boire le verre de l'amitié, que Marie et moi nous faisons un plaisir de vous offrir. N'oubliez pas que vous pouvez profiter de ce moment pour faire dédicacer votre exemplaire de *La Nuit du loup*. Katherin reste encore un petit moment à cette table, je m'en vais de ce pas lui chercher un rafraîchissement, je crois qu'elle l'a bien mérité !

Tout le monde applaudit une dernière fois, puis le public s'ébranla lentement, les uns se dirigeant directement vers le bar tandis que les autres se rassemblaient devant la table à la nappe rouge, saisissant un exemplaire de *La Nuit du loup* avant de le tendre à Katherin Bets.

– Bonsoir. C'est pour vous ?

– Oui, s'il vous plaît...

– Quel est votre prénom ?

(...)

– Monsieur le maire, je vous mets un petit mot ?

– Oui, pour ma femme, elle n'a pas pu venir ce soir, mais c'est une de vos fans... Elle s'appelle Sam, enfin Samantha...

– Ah ! très bien. Comme l'héroïne de *Ma sorcière bien-aimée*, alors ?

– Exactement ! C'est sa série culte...

– Alors je mets : *Pour Sam, parce qu'une sorcière ne craint ni la nuit ni le loup...*

(...)

– Madame, c'est pour vous?

– Pour mon mari, Paul...

(...)

– Bonsoir, je suis policier. J'adore vraiment tous vos livres. Je m'appelle Robert, mais mes amis m'appellent Bob...

Les lecteurs se succédaient sans relâche devant la table rouge et repartaient l'air satisfait. Les femmes serraient le livre contre leur poitrine, les hommes le glissaient sous leur bras ou dans une poche de leur veste, les enfants le portaient à deux mains en se donnant des airs importants. Du côté du bar, les gens bavardaient debout, un verre à la main. Louise et Marie circulaient parmi eux avec aisance, s'assurant que tout allait bien pour chacun. Jonathan n'avait pas quitté sa chaise et regardait ces va-et-vient sans les voir, se laissant bercer par le brouhaha des conversations que traversait quelquefois un éclat de rire ou le cri d'un enfant qui jouait à cache-cache. Ses yeux se promenaient au hasard dans la salle, passant d'un groupe à l'autre, mais ils finissaient toujours par revenir se poser sur Katherin. Il la voyait de profil, penchée sur ses livres, le stylo à la main, elle souriait à chaque personne qui se présentait devant elle. À intervalles réguliers, elle passait les doigts derrière son oreille pour y plaquer une mèche de cheveux dont la boucle rebelle s'obstinait à s'échapper. Il y avait dans ce geste quelque chose de frais et de gracieux qu'il trouva infiniment touchant.

Lorsqu'il sentit quelqu'un lui tapoter l'épaule du bout des doigts, Jonathan se retourna en sursautant. Sa mère se tenait debout derrière lui.

– Tu es là ! J'étais un peu inquiète, je me demandais où tu étais. À tout hasard, j'ai appelé Louise...

– Eh bien, tu vois, je ne suis pas perdu !

– C'était intéressant, n'est-ce pas ?

– Oui.

– Bon... Je rentre préparer le dîner. Tu ne tardes pas trop ?

– Mais non... Je reste encore un peu et je rentre, okay ? Au fait, tu en as pris un ?

– Un quoi ?

– Un livre !

– Ah !... oui. Pour ton père.

– Sympa. Fais voir la dédicace...

Babeth lui tendit le roman.

Pour Paul, bonne lecture, amicalement, Katherin.

– Eh ben, elle s'est pas foulée !

–Oh ! écoute... Ça ne doit pas être facile de trouver des choses originales quand on fait des dédicaces à la chaîne, comme ça...

–Ouais, mais quand même...

Beaucoup de gens quittèrent *La Grande Ourse* au même moment que Babeth, la plupart étant pris par leurs obligations familiales, et il ne resta bientôt plus que quelques personnes regroupées près du bar, en train de bavarder tranquillement. Katherin s'apprêtait à se lever pour les rejoindre lorsque Louise se précipita vers elle, un exemplaire de *La Nuit du loup* à la main.

–Hop, hop, hop ! Une petite dernière pour la route !

–Ah ! Pour un de vos amis, peut-être ?

–Oui ! Pour ce jeune homme, qui est assis là. Jonathan, viens donc par ici, mon poussin !

Nat devint instantanément cramoisi. Il se leva et s'avança timidement vers les deux femmes. Louise lui passa un bras autour des épaules et le serra contre elle.

–Je l'ai connu tout petiot, cet animal !...

Blotti contre son corps massif et moelleux, Jonathan fut traversé par une pensée fugace : *Pourquoi est-ce que ce n'est pas Louise, ma mère ?*... L'air songeur, Katherin les contempla quelques secondes, puis elle saisit son stylo plume et ouvrit le livre. Jonathan regarda ailleurs tandis qu'elle écrivait. Il était agacé de se sentir autant intimidé par cette femme.

–Tu vas voir, tu vas te régaler! dit Louise avec un air gourmand.

Nat se contenta de hocher la tête.

–Et tes dessins, tu en es où? Toujours les trolls? Ça fait un bail que tu ne m'as plus rien montré! se plaignit Louise.

–Ah!... En ce moment, je suis plutôt dans les dragons, répondit Nat. J'ai pas mal bossé autour du *Draco Magnus*, du *Dragon Occidental* et des *Nazgûl*. Je voudrais mettre au point un nouveau modèle pour Smaug, le dragon rouge de *Bilbo le Hobbit*.

–Tu peux me la refaire en français?

–Je te montrerai...

Le capuchon du stylo fit un petit «clic». Les yeux de Nat revinrent sur Katherin qui lui tendait son livre.

–Je te souhaite une bonne lecture, Jonathan.

–Merci.

Il prit le roman et le glissa dans son sac.

–Bon, il faut que je rentre. Merci Louise, c'était super.

–Ah! Qu'est-ce que je t'avais dit? Ne pars pas sans embrasser Marie, elle serait fâchée. Tu sais bien qu'elle adore recevoir des bises des jolis garçons!...

–Ça marche. Bien, heu... au revoir madame...

–Appelle-moi Katherin. À bientôt Jonathan, nous aurons peut-être l'occasion de nous recroiser?

–Heu... oui, sûrement! Et... merci, c'était vraiment bien.

Il s'éclipsa, le cœur battant.

Il avait rencontré un écrivain, un vrai, quelqu'un de connu! Il lui avait même parlé! C'était incroyable! Il fallait absolument qu'il raconte ça à...

... *Betty.*

Merde.

Allons, Nat, tu te rappelles ce que tu as décidé? Tu ne vas pas changer d'avis maintenant?...

Il accéléra le pas.

Les rues étaient calmes, l'air encore chaud vibrait du chant des premiers grillons. Jonathan se souvint que c'était le début des vacances. Il inspira profondément et jeta un coup d'œil vers l'ouest. Au-dessus de l'horizon, le ciel virait au rose orangé. Lentement déchirée par les derniers rayons, une flotte de nuages passait en processions, bannières mouvantes que séparaient de brusques trouées de lumière aveuglante. Là-bas, sur le littoral, le spectacle devait être grandiose. Jonathan s'était promis qu'un jour il irait voir le soleil se coucher sur la mer. Le grand incendie du crépuscule sur fond d'océan. La grande bataille du jour et de la nuit, le sanglant combat des ténèbres contre la lumière démultiplié par son reflet mouvant, des lambeaux de vagues sanguinolentes grignotées peu à peu par les eaux sombres avant que la lune ne vienne leur donner des éclats argentés, ah, oui ! voilà quelque chose qui devait valoir le coup ! Il fallait qu'il aille voir ça. Oui, il le fallait ! Absolument.

Juste avant de pousser le portillon du jardin pour rentrer chez lui, Jonathan s'arrêta, plongea la main dans son sac et en retira *La Nuit du loup*. Il eut un peu de mal à l'ouvrir à la première page, car ses doigts tremblaient légèrement.

L'écriture était petite et fine, mais régulière et appuyée. Il la déchiffra sans peine.

Pour Jonathan

qui lisait Des souris et des hommes *un soir d'été à* La Grande Ourse, *voici* La Nuit du loup...

Nos parcours sont souvent jalonnés d'animaux invisibles, n'oublions pas de les saluer au passage.

Amitiés,

Katherin

16

La porte d'entrée claqua.

À l'étage, Babeth appela :

– C'est toi, Paul ?

– Non, c'est moi ! fit Jonathan.

Il trouva sa mère en train de fermer une valise bourrée à craquer. Agenouillée sur la moquette, elle fit pression des deux bras sur le couvercle en plastique rigide puis verrouilla les deux serrures.

– J'espère que ça suffira pour quinze jours...

Du revers de la main, elle repoussa une mèche grise qui lui tombait sur les yeux. D'un mouvement un peu gauche, elle prit ensuite appui sur le bagage pour se redresser. Jonathan se demanda si elle n'avait pas un peu grossi.

– Il est pas rentré ?

– Je devrais peut-être ajouter un pull pour ton père. Il dit qu'il n'a jamais froid, mais il fait frais le soir là-bas...

– C'était bien la peine que je me presse...

– Hein ? Ah, il va arriver, je pense. Il voulait passer un peu de temps avec ses copains, je sais que ça ne l'enchante pas vraiment d'aller chez ma sœur pendant deux semaines...

Jonathan se laissa tomber sur le lit de ses parents et s'allongea sur le dos, les bras étendus au-dessus de la tête, les yeux fixés au plafond.

– Pourquoi vous y allez, alors ?

– Parce que *moi* j'ai envie, je ne vois ma famille qu'une fois par an ! Et puis, tant qu'on n'a pas les moyens de se payer de vraies vacances...

– Ça s'arrange pas avec Franz ?

– Non, plus ça va, moins il lui donne de travail.

– Mais Paul n'avait pas parlé de changer de boulot ? Tu sais, ce poste plus intéressant et mieux payé...

– C'était trop loin. Quarante kilomètres de Cotteville. Il aurait perdu beaucoup de temps en transport...

– Mmmmm...

– Il faut le comprendre, ça fait vingt-deux ans qu'il travaille chez *Telma*. Il a ses habitudes...

Jonathan pensa : « Tu veux dire qu'*ils* connaissent ses

habitudes... » Babeth s'assit au bord du lit et lissa machinalement sa jupe du plat de ses deux mains.

–Tu es sûr que ça va aller pour toi, je veux dire... tout seul ici, pour la première fois... ?

Jonathan soupira.

–J'ai bientôt dix-huit ans.

–Qu'est-ce que tu vas faire ?

Jonathan se crispa. La question du job allait revenir sur le tapis. Il n'avait pas préparé de réponse.

–Il est quelle heure ? Huit heures et demie ! Qu'est-ce qu'il fout ?!

–Je ne sais pas. Il m'avait dit sept heures et demie maxi...

–Tu veux que j'aille le chercher ?

C'était bien la dernière chose au monde que Jonathan avait envie de faire. Babeth haussa un sourcil :

–Tu crois que... ?

–On va pas l'attendre pendant cent sept ans.

Jonathan se leva et saisit la poignée de la valise.

–Je te la descends ?

–Oui, je veux bien, merci.

Arrivé au bas de l'escalier, il déposa le bagage dans l'entrée. Puis, levant la tête vers sa mère qui le regardait, accoudée à la balustrade de bois blanc verni, il demanda d'une voix sourde :

– Au *Mayflower*, tu crois ?

Elle hocha la tête et murmura :

– J'espère qu'il n'a pas recommencé à faire l'andouille...

Jonathan sortit en claquant la porte.

17

Jonathan savait hélas précisément ce que signifiait *faire l'andouille* dans le cas de son père. Ces derniers mois, Paul s'était pourtant tenu tranquille. Mais, depuis quelques jours, Jonathan avait remarqué qu'il ne tournait pas rond. Il se repliait sur lui-même, n'entendait pas lorsqu'on lui parlait, était de plus en plus nerveux, avait de fréquentes insomnies, saisissait le moindre prétexte pour sortir de la maison. Babeth lui jetait de longs regards angoissés qui avaient le don de l'exaspérer et ne faisaient qu'attiser son envie de s'échapper. Il fuyait la maison, ignorait sa femme et évitait son fils. Un scénario que Babeth et Jonathan savaient malheureusement par cœur.

Le *Mayflower* était un troquet un peu excentré, fréquenté presque exclusivement par des hommes, un clan d'habitués qui se connaissaient tous et travaillaient pour la plupart à la fabrique de jouets. Les employés de *Telma* s'y croisaient et trinquaient souvent ensemble, sans distinction de rang ni de fonction. Au *Mayflower*, le mot d'ordre était « Fais ton job et la ramène pas », et dans l'ensemble chacun s'efforçait de le respecter.

Jonathan trouva Paul juché sur un tabouret de bar, accoudé au comptoir, finissant une bière. La lenteur de ses gestes et la lourdeur de ses paupières indiquaient clairement qu'il n'en était pas à sa première. Il discutait avec un jeune gars en costard et un type au teint couleur brique qui avait remonté ses manches de chemise et s'épongeait le front avec son mouchoir.

– Hééééé ! Regardez qui voilà là ?!... s'exclama Paul en apercevant son fils. Les gars, vous connaissez mon garçon ?

Il se mit à faire de grands moulinets avec le bras.

– Approche, fils ! Vous avez vu, il est grand, hein ? C'est mon garçon, *Nathan* !...

Jonathan frémit. Les compagnons de son père lui serrèrent la main.

– Norman.

– Salut.

– Salut Nat, moi c'est David.

– B'soir...

Jonathan posa la main sur l'avant-bras de son père et dit doucement :

– Il faut qu'on y aille, il est tard.

– Mais non ! attends, tu viens tout juste d'arriver ! Tu vas prendre un verre avec nous...

– ... Non, je...

Paul leva le bras et appela :

– Garçon ! Ho, Charles, ramène-toi par là !

– Écoute, il faut qu'on rentre...

– Charlie, la même chose pour moi et... fils, qu'est-ce que tu prends ?

– Rien, je... Babeth nous attend...

– Ah, non ! Quel rabat-joie ! La vie est courte, fils ! Profite !...

Jonathan fit signe au serveur qu'il ne voulait rien boire et celui-ci s'éloigna.

– S'il te plaît, Paul, viens avec moi...

Son père lui passa un bras autour des épaules et se tourna vers Norman et David.

– Hé, les mecs, vous le savez peut-être pas, mais vous avez devant vous un grand artiste, un *vrai* ! Pas un petit trou du cul qui se la pète comme ce connard de Franz, pas vrai les gars ? Concepteur graphique de mes deux ! J'voudrais bien qu'il voie les dessins de mon garçon, ça lui clouerait le bec, à ce prétentieux !...

Jonathan passa son bras dans le dos de son père, au niveau de la taille, et commença à le tirer vers lui.

–Laisse tomber, il est tard... Allez, viens !

Paul glissa de son tabouret, et lorsqu'il se retrouva sur ses deux pieds, ses jambes se dérobèrent. Il vacilla et se rattrapa de justesse à l'épaule de Norman.

–Hop là !... Hou, ça tourne... Non mais t'imagines? *Tu peux plus travailler avec moi, Paul*, qu'il m'a dit, *t'as la main qui tremble...* Mais je vais te la lui foutre dans la gueule à c't'enfoiré, il va voir si elle tremble, ma main !

Jonathan jeta un regard suppliant à Norman et David. Un regard qui appelait clairement à l'aide. David fut le premier à réagir :

–Allez, Paul, oublie tout ça. Tu pars en vacances demain, non?

D'un mouvement brusque, Paul se dégagea de l'étreinte de son fils.

–J'en ai rien à foutre de vos vacances à la con ! Moi et mon fils, on vous emmerde ! Y a personne à *Telma* qui nous arrive à la cheville, vous m'entendez? PERSONNE !...

Dans le bar, tout le monde s'était tu et regardait dans leur direction. D'un geste de la main, Charles leur fit signe de s'occuper de leurs affaires, puis, faisant le tour du comptoir, il s'approcha de Paul et se mit à lui parler à voix basse tout en l'entraînant doucement vers la sortie. La poitrine oppressée et le souffle court, Jonathan suivit. Il traversa la salle sans regarder personne, tremblant de colère et de honte. David, le jeune gars en costard, les rejoignit dehors.

–Ma voiture est juste là. Je vous dépose?

Jonathan hocha la tête.

Quand ils arrivèrent à la maison, Babeth les attendait sur le perron. Elle vint aider son fils à soutenir Paul et ils réussirent à lui faire gagner le salon, où il s'écroula sur le canapé en réclamant à boire. Babeth lui dit qu'elle allait lui apporter quelque chose, mais qu'il fallait d'abord qu'il se repose un peu. Il réclama, tempêta et grogna pendant une demi-heure. À aucun moment, Babeth ne haussa le ton. Elle répondait invariablement «Oui, chéri, juste une petite minute...» et inventait toujours une nouvelle bonne raison de faire durer cette «minute». Lorsque Paul devint silencieux et commença à avoir du mal à garder les yeux ouverts, elle fit signe à Jonathan. Ils lui ôtèrent ses chaussures et son pantalon, l'aidèrent à s'allonger sur le canapé et lui mirent un coussin sous la tête. Il marmonna qu'il n'était pas encore impotent et qu'il voulait qu'on lui foute la paix. Un quart d'heure plus tard, il ronflait comme un sonneur. Babeth et Jonathan se retrouvèrent dans la cuisine où ils commencèrent à manger debout. Le dîner était complètement refroidi. Ils n'y prêtèrent pas attention. Ce fut Jonathan qui rompit le silence :

– Je ne sais pas comment tu fais pour accepter ça.

Babeth ne répondit pas. Elle tira une chaise et s'assit avec lenteur et précaution, comme l'aurait fait une très vieille femme. Debout face à elle, Nat appuya ses deux poings sur la table.

– Y en a marre, putain ! Je te préviens, c'est la dernière fois que je vais le chercher. La DERNIÈRE !...

Babeth hocha la tête de droite à gauche.

– Si toi aussi tu me laisses tomber...

– Arrête avec ça ! C'est TOI qui laisses tomber. Tant que tu restes et que tu t'occupes de lui, il continue ! Pas de souci, Babeth sera toujours là pour le ramasser avant qu'il se fasse trop mal, alors il peut y aller tranquille !

Elle leva vers lui son visage blême au regard enfiévré.

– Et qu'est-ce que tu veux que je fasse ?!... Je ne peux tout de même pas l'abandonner. Tu sais bien qu'il pourrait lui arriver n'importe quoi ! Rappelle-toi le jour où il s'est battu et où il est revenu avec la tête en sang...

Jonathan frappa du plat de la main sur la table, faisant sursauter sa mère.

– Baby-sitter, infirmière, garde-malade... et puis quoi encore ?

– Nat, je t'en prie... Tu sais à quel point c'est difficile...

Sa voix s'étrangla dans sa gorge et sa lèvre se mit à trembler. Jonathan, lui, sentait tout son corps vibrer et se contracter. Il avait l'impression d'avoir une enclume à l'intérieur de la cage thoracique et son souffle était de plus en plus court. Sa vue se brouilla et il se frotta les yeux rageusement. Ils restèrent un moment silencieux. On n'entendait plus que le tic-tac indifférent de la pendule murale. Jonathan inspira profondément.

–Pour moi, c'est fini. Je ne veux plus le voir, plus lui parler. Ça fait trop longtemps que ça dure, trop longtemps qu'il nous dit qu'il veut que ça s'arrête, qu'il va changer, qu'il faut juste lui laisser un peu de temps... Dix ans! Putain, c'est pas assez? J'ai passé plus d'années à le voir comme ça qu'autrement! D'ailleurs, je ne me rappelle même plus comment c'était, «autrement»!

–Nat... murmura sa mère à travers ses larmes.

–Tu sais comment il m'a appelé tout à l'heure? Hein! tu le sais?!!

–S'il te plaît...

Babeth éclata en longs sanglots convulsifs. Passant derrière elle, Jonathan se pencha et la serra brièvement dans ses bras. Puis il se redressa et dit d'un ton las:

–Je vais me coucher.

Juste avant de quitter la pièce, il s'arrêta sur le seuil, se retourna et regarda sa mère. À cinquante ans, elle en paraissait dix de plus. Son visage aux traits tirés, son corps aux contours flous qui se cachait dans des vêtements trop larges aux couleurs fades, tout en elle accusait une immense fatigue. Jonathan ne l'avait jamais perçu avec autant d'acuité. À présent, il ne voyait plus que cela. La femme qui était devant lui semblait enveloppée d'un voile terne, celui dont vous recouvre peu à peu une profonde lassitude doublée d'un vieux chagrin.

– Tu crois que tu lui rends service, mais c'est le contraire. Il est urgent que tu penses à toi. À TOI. Ou vous plongerez tous les deux.

Sans jeter un regard dans le salon, il monta l'escalier quatre à quatre et s'enferma dans sa chambre. Après avoir ouvert la fenêtre en grand pour faire entrer la fraîcheur de la nuit, il se jeta sur son lit sans se déshabiller et mordit si fort son oreiller qu'il déchira la taie.

18

Il était près de onze heures lorsque Jonathan émergea d'un mauvais sommeil qui lui laissa la bouche pâteuse et la tête bourdonnante. En se levant, il aperçut une feuille de papier pliée en quatre, glissée aux trois quarts sous sa porte. Il l'ouvrit en donnant un coup sec du poignet. Il reconnut tout de suite l'écriture.

Jonathan,

J'ai peu dormi cette nuit et beaucoup réfléchi. Je pense que c'est toi qui as raison, et même si cela me coûte, j'ai décidé de partir seule chez ma sœur. De toute façon, ton père n'aurait pas été en état de conduire (à l'heure qu'il est, il dort encore profondément). Je crois que j'ai besoin de faire le point et que ce n'est pas mal qu'il réfléchisse aussi un peu de son côté.

Je t'en prie, ne sois pas trop dur avec lui. Il a besoin de nous comme nous avons besoin de lui.

Je sais à quel point tout cela te blesse, mais tâche de ne pas nous juger. Chacun de nous s'efforce de faire au mieux avec ce qu'il est...

J'appellerai ce soir vers huit heures. Essaie d'être là, je ne sais pas encore si j'aurai la force de lui parler.

Je compte sur toi pour veiller sur lui malgré tout.

À très vite, mon petit homme.

Ta maman qui t'aime,
Babeth

Jonathan trouva son père attablé dans la cuisine devant un bol de café noir et une lettre dépliée.

– Elle est partie, fit Paul d'une voix rauque, sans le regarder.

Il avait le teint gris, les cheveux en bataille et des poches sous les yeux. Une main calée sous le menton, il soutenait sa tête qui semblait devenue trop lourde. Sous ses doigts qui massaient le bas de sa joue, les poils qui repoussaient produisaient un petit crissement désagréable. Jonathan s'assit en face de lui et se servit une tasse de café. Il posa sur son père un regard lourd de reproches.

– Ouais, ouais... je sais... T'as raison, je l'ai bien cherché...

Nat ne répondit pas. Il fit tomber deux sucres dans sa tasse et remua avec une petite cuillère sans lâcher son père des yeux.

– J'ai déconné... Une fois de plus... Je voulais pas mais... c'est plus fort que moi...

Jonathan ôta la cuillère, la mit dans sa bouche pour absorber les gouttes de café, la reposa sans bruit sur la table et approcha la tasse fumante de ses lèvres. Derrière l'écran de buée, son père avait le visage de quelqu'un qui s'est perdu dans un banc de brouillard et cherche désespérément à s'orienter.

– Excuse-moi, Nat... Je suis désolé. T'y es pour rien, excuse-moi... Je... je suis vraiment nul.

Jonathan sentit sa gorge se serrer. *T'y es pour rien.* Il aurait aimé en être absolument sûr.

– Un nul. Un loser. Un raté. Voilà ce que je suis.

– Arrête...

– Je déconne pas, fils. Tu sais ce que cette ordure de Franz m'a dit pas plus tard qu'hier? *T'as la main qui tremble, Paul, trouve-toi un autre job, celui-ci est fini pour toi...* Et il a ajouté : *Fais-toi une raison, Paul, on ne peut pas être et avoir été. Personne n'oublie que t'as été un as, on va te trouver un poste tranquille où tu pourras te la couler douce. Qu'est-ce que tu dirais de passer à la com ?* À la com !! Non, mais tu te rends compte ? Ils vont m'inventer un poste bidon de troisième adjoint au service communication. Je sais ce que ça veut dire : ces enfoirés ont décidé de me placardiser ! Je suis foutu, Nat, tu m'entends ? FOUTU !

– Il a peut-être dit ça juste pour te faire réagir, c'était peut-être du bluff...

Paul secoua la tête. Il tendit le bras droit devant lui et se mit à regarder fixement sa main. Malgré tous ses efforts, il ne parvint pas à l'empêcher de trembler. Son poing s'abattit sur la table avec rage.

– C'est ça ! Du bluff...

Dans le salon, la sonnerie du téléphone retentit. Jonathan se leva d'un bond. Le cœur battant, il décrocha.

– Allô ?...

– Jonathan ? C'est Louise. Je te réveille, mon poussin ?

Nat sentit la pression retomber d'un cran.

– Non, non, pas du tout...

– Écoute, je voudrais te parler de quelque chose. Je pense que ça pourrait t'intéresser. Il faudrait que tu donnes ta réponse rapidement. Est-ce que tu pourrais passer à *La Grande Ourse* ?

– Maintenant ?

–Si possible, oui.

–Okay. J'arrive.

Appuyé à l'embrasure de la porte, Paul alluma une cigarette.

–Un problème, fils?

Jonathan eut brusquement envie d'éclater de rire. Un problème? Oh, non, bien sûr que non! Il n'y avait absolument aucun problème...

Il prit sur lui et répondit calmement:

–Il faut que je passe voir Louise.

–Rien de grave?

–Non.

–Bon... Je reste ici. Au cas où ta mère appellerait...

Jonathan hocha la tête.

–J'y vais.

–D'accord... Nat?

–Mmmm?

Paul plissa les yeux en tirant sur sa cigarette. Puis il souffla un nuage bleuté, d'un coup bref et sec, en ouvrant à peine les lèvres.

–Tu crois... tu crois que j'ai encore une chance...?

Jonathan inspira profondément, inhalant du même coup la fumée rejetée par son père. Il laissa s'écouler quelques secondes avant de répondre:

–C'est à toi de voir.

19

Il faisait déjà chaud à la terrasse de *La Grande Ourse*. Sur la place inondée de lumière crue, les parasols déployés offraient une ombre orangée qui reposait les yeux et invitait à la détente. Il n'y avait pratiquement personne, deux ou trois commerciaux qui buvaient un rafraîchissement avant de reprendre la route, un couple de passage qui bavardait à voix basse. Il y avait si peu de circulation qu'on entendait les pigeons roucouler dans les arbres.

–Tu ne m'avais pas dit que tu cherchais un job pour l'été ? demanda Louise en posant sur la table une corbeille de croissants et un pichet rempli de jus d'orange.

–Si, mais...

–J'espère que tu n'as rien trouvé.

–Ah?... Eh bien... non. Faut dire que j'ai pas vraiment cherché, répondit Nat piteusement.

Louise frappa dans ses mains.

–C'est parfait!

Il la regarda, éberlué. Prenant place en face de lui, elle saisit un croissant et y mordit à pleines dents. Des miettes dorées s'étalèrent en pluie sur son chemisier, accueillies par sa large poitrine. Elle les chassa d'une suite de petits gestes vifs tout en mastiquant avec gourmandise.

–Prends, ils sont délicieux!

–Non, ça va, merci.

–Café?

–J'en ai bu un avant de venir.

–Alors, dis-moi... Tu l'as trouvée comment?

–Quoi donc?

–Pas *quoi* donc, *qui* donc! L'écrivain, pardi! Katherin Bets.

Jonathan sentit son cœur s'accélérer légèrement.

–Aaaah! Intéressante... Pourquoi?

Louise avala une gorgée de jus d'orange tout en le regardant avec des yeux malicieux.

–Elle t'a trouvé très bien, elle aussi.

–Ah oui? On a à peine échangé trois mots... fit Jonathan, sceptique.

–Il faut croire qu'elle a une bonne intuition.

–Comment ça se fait que vous avez parlé de moi ?

Louise attrapa un second croissant et le déchira en deux.

–La moitié avec moi ?

–Merci. J'ai pas faim.

–C'est pas raisonnable, mais je ne peux pas résister. Depuis que Marie m'a interdit de fumer, je dévore...

Jonathan sourit.

–Et ton cholestérol ?

La main de Louise virevolta devant elle.

–Faut bien crever de quelque chose... Tu es sûr que tu ne veux pas manger un petit peu ? Tu es maigre comme un stockfisch !

–Un quoi ?!

–Un stockfisch ! C'est un poisson séché. Un genre de morue, si tu préfères.

Jonathan éclata de rire.

–Merci du compliment !

–Si je te dis trop que tu es joli, tu vas finir par prendre la grosse tête, alors...

–T'inquiète. Y a pas de risque.

Jonathan recula sa chaise pour étendre ses jambes. Il étira ses bras au-dessus de sa tête. La tension des dernières heures s'éloignait lentement.

–Bon, et cette affaire urgente ?

–On y arrive. On te l'a sans doute déjà dit, il y a deux sortes d'écrivains.

–Ah ?

–Ceux qui écrivent sur ordinateur et ceux qui écrivent à la main.

–Ouais, il paraît.

–Katherin Bets écrit à la main, sur des carnets. Ensuite, elle dicte son texte à sa secrétaire qui le saisit sur l'ordinateur.

–Pourquoi elle ne le fait pas elle-même ?

–Elle dit qu'elle n'est pas douée, que ça l'énerve et que ça lui fait perdre beaucoup de temps. Ils ont tous leurs petites manies. Et puis, d'après ce que j'ai compris, en dictant son texte, elle le retravaille. Le fait de le dire à voix haute lui permet d'entendre ce qui ne va pas, elle ajoute des choses, en retire d'autres, etc. Enfin, bref ! Tu sais qu'elle s'est installée à Cotteville pour écrire un livre ?

–C'est ce qu'elle a dit, oui.

–Le problème, c'est que sa secrétaire l'a lâchée. Il était prévu qu'elle l'accompagne et, au dernier moment, elle lui a annoncé que ça ne serait pas possible. Problèmes familiaux, ou je ne sais quoi...

–À moins qu'elle n'ait eu vent de la réputation de *Cotte House*...

–Ne dis pas de bêtises. Bon ! Alors voilà, on a pensé à toi.

–Pardon ?!

–Eh bien, oui ! Katherin m'a demandé si je ne connaissais pas quelqu'un, un étudiant qui chercherait du boulot pour l'été... C'est là que ça a fait tilt. Alors, qu'est-ce que tu en dis ?

–Eh bien... je ne sais pas... C'est que... j'ai jamais fait ça, moi !

–Tu sais te servir d'un ordinateur ?

–Évidemment.

–Tu maîtrises le traitement de texte, vous apprenez ça, au lycée, non ?

–Oui, oui...

–Alors, il n'y a aucun problème.

Louise s'essuya les mains avec une serviette en papier.

–Qu'est-ce que c'est gras, ces machins-là... Bon, on y va ?

–Où ça ?

–Chez Katherin. Elle nous attend.

–À *Cotte House* ?...

–Non. À Tombouctou, triple buse.

20

Lorsque la voiture de Louise s'avança sur le raidillon qui montait à *Cotte House* et se terminait par la grande grille en fer forgé marquant les limites de la propriété, Jonathan songea que, comme la plupart des gosses de Cotteville, il n'était jamais allé plus loin et n'avait d'ailleurs même pas envisagé que cela puisse lui arriver un jour.

Louise stoppa le véhicule quand le pare-chocs ne fut plus qu'à quelques dizaines de centimètres de la grille. Elle tira le frein à main d'un coup sec et, laissant le moteur tourner, descendit de voiture et sonna à l'interphone encastré dans l'un des deux piliers qui soutenaient le portail. Elle s'annonça et on entendit un déclic suivi d'un bourdonnement. Les hautes grilles terminées par des piques semblables à des harpons s'écartèrent lentement pour leur livrer passage. La voiture s'engagea dans l'allée bordée d'arbres centenaires. Sous les roues, les graviers blancs craquaient avec un bruit mat d'os pilés. Assis sur le siège passager, Jonathan avait beau se tordre le cou, il n'apercevait que l'épais feuillage des frondaisons, derrière lequel émergeait çà et là un morceau de toiture. Mais au bout de quelques centaines de mètres, l'allée prenait un brusque virage et la bâtisse surgit soudain devant eux, emplissant d'un seul coup toute la surface du pare-brise, à la façon d'un plan large sur un écran de cinéma. C'était une imposante demeure dont la façade mêlait habilement la pierre et le bois, et qui, vue d'ici, surprenait par sa clarté. De la ville, on n'apercevait que le dernier étage, en grande partie recouvert de vigne vierge, ainsi que la toiture, les cheminées de brique et les chiens-assis des combles. Le reste était masqué par les arbres. Jonathan découvrit avec surprise que, vue dans son ensemble, la maison était bien loin de dégager l'impression d'austérité qu'il avait en mémoire. La pierre utilisée pour la façade avait été taillée dans une roche couleur crème. Les volets et les boiseries, ainsi que les poutres qui soutenaient l'auvent abritant la porte d'entrée, étaient peints en blanc. Orientée plein sud, la maison réfléchissait le soleil avec une telle intensité que Jonathan en fut un instant ébloui. La porte d'entrée était largement ouverte et la silhouette de Katherin apparut au fond du corridor.

– Entrez ! Entrez... fit-elle.

Sa voix résonna étrangement dans le couloir nu au sol carrelé.

– Il fait plus frais à l'intérieur...

Vêtue d'un jean et d'un simple tee-shirt blanc, elle ressemblait encore moins que la première fois à l'idée que Jonathan s'était toujours faite de l'« écrivain ». Il remarqua avec amusement qu'elle marchait pieds nus et il l'envia, car le carrelage ancien devait être délicieusement frais et doux. Après leur avoir serré vigoureusement la main, elle les pilota jusqu'au salon. C'était une pièce spacieuse, ornée d'une grande cheminée dont l'âtre était tellement vaste qu'on pouvait y tenir debout. De ses murs noircis montait un vieux parfum de bois calciné qui flottait dans l'ensemble de la pièce, lui donnant cette odeur fumée et légèrement acide typique des demeures anciennes. Un morceau de bûche à l'écorce charbonneuse et craquelée était resté dans l'âtre, posé sur deux massifs chenets en fonte qui attirèrent l'attention de Jonathan. Chacune des deux pièces métalliques était en effet terminée par une tête de métal sculpté. Une tête de dragon.

–Je peux regarder? demanda Jonathan avant de s'agenouiller devant la cheminée.

–Ah! toi aussi, cela t'intrigue... L'agent immobilier m'a dit que c'était une pièce rare, mais il ne savait pas exactement d'où elle venait. Regarde ça aussi... ajouta Katherin en lui désignant les pincettes, le soufflet et le pique-feu suspendus sur la droite.

Chacun de ces objets était également orné d'une petite tête de dragon sculpté.

–Ça ressemble au dragon de saint Georges... observa Jonathan.

–Celui à qui une princesse allait être sacrifiée... compléta Louise qui ne voulait pas être en reste.

–Oui, mais où est saint Georges? Il se cache peut-être quelque part dans la maison... dit Katherin en riant. Allez, installez-vous, je vous en prie.

Les persiennes étaient à peine entrouvertes, ce qui permettait de maintenir la fraîcheur. Le salon semblait sommeiller tout entier dans une pénombre qui reposait les yeux de la lumière vive du dehors. Jonathan et Louise prirent place sur un sofa recouvert d'un tissu rouge assorti aux rideaux grenat qui encadraient les deux hautes fenêtres. Katherin leur servit du thé glacé, puis s'assit en face d'eux dans un large fauteuil à oreilles.

–Alors? Bien installée? l'interrogea Louise en souriant.

–Parfait! Je crois que la maison et moi nous sommes adoptées mutuellement. J'ai trouvé instinctivement une place pour chaque chose et j'ai déjà des automatismes, comme si j'habitais ici depuis des années!

À l'autre extrémité de la pièce se trouvait un petit secrétaire qu'on avait laissé ouvert. Un ordinateur portable était posé sur l'abattant, ainsi que quelques feuilles de papier, un pot à crayons et des dictionnaires. Au pied du meuble, une imprimante reposait sur un tabouret. Louise désigna l'ensemble d'un mouvement du menton.

–Ça y est, vous avez commencé à écrire?

–Oh! non... Enfin, si... mais... pour ne rien vous cacher, j'écris dans la cuisine. Ça a toujours été comme ça. Je ne peux pas écrire ailleurs. Sauf dans les bars. Mais pour ma santé, il vaut mieux que je me cantonne dans ma cuisine! ajouta-t-elle en riant.

Jonathan ressentit un petit pincement au cœur et se hâta de chasser les pensées désagréables qu'avait fait naître le mot «bar». Katherin se tourna alors vers lui avec un large sourire.

–Jonathan, je suis ravie que ma proposition t'intéresse.

Tout en parlant, elle attrapa ses cheveux et les rassembla sur sa nuque, puis elle en fit une torsade qu'elle remonta et dans laquelle elle planta un crayon à papier en guise de barrette.

–Eh bien... en fait, je ne sais pas si je suis la personne qu'il vous faut... Je n'ai jamais fait ce genre de job...

–Ça, je m'en doute! Ce n'est pas tous les jours qu'on rencontre une foldingue comme moi qui se prend pour un auteur du XIXe siècle et réclame les services d'un secrétaire!

Ils rirent tous les trois.

–Écoute, je te mets à l'aise tout de suite: on fait un essai... mettons, une semaine, et puis on voit! Si ça colle bien, on continue, sinon, je trouverai une autre solution!

–Okay... fit Jonathan, soulagé.

–Louise t'a expliqué de quoi il s'agit, je suppose?

–Oui.

–Je te demanderai peut-être aussi un coup de main pour ma paperasse administrative, quelques courriers professionnels, etc. En général, je m'en débarrasse le matin, ça me permet d'avoir l'esprit libre ensuite.

–Okay...

–Ah! autre chose... Nous n'avons pas encore parlé de ta rémunération...

Elle annonça une somme et les yeux de Jonathan se mirent à briller. Il aurait là de quoi se payer largement une semaine entière à la mer, et même plus!

–Ça te convient?

–Heu... oui. Oui, bien sûr!

–Bien. Alors, marché conclu?

Jonathan n'en revenait pas.

–Marché conclu...

Katherin leva son verre de thé et ils trinquèrent en riant.

–Louise, je vous dois une fière chandelle. Je ne peux décidément plus me passer de vous! Chaque fois que j'ai besoin de quelque chose, vous me dégottez la perle rare!

Louise donna une bourrade affectueuse à Jonathan.

–Perle rare, perle rare, c'est vite dit en parlant de celui-là! Méfiez-vous, c'est une vraie bourrique!

–Ça tombe bien, moi aussi.

–Oh! eh bien, dans ce cas, je vais vous laisser! s'exclama Louise.

Katherin redevint soudain sérieuse et posa sur Jonathan son regard d'un bleu profond.

–Ah! j'oubliais un détail important. Je n'ai pas vraiment d'horaires fixes quand je travaille. Il y a des jours où c'est plutôt l'après-midi, d'autres où je m'y mets en fin de journée. Quelquefois, ça peut se prolonger dans la soirée, je n'aime pas m'interrompre en plein élan... Je te propose donc de venir t'installer ici, ce sera infiniment plus commode et nous gagnerons tous les deux un temps précieux.

Jonathan retint son souffle. Il s'était attendu à tout sauf à ça.

– Il va de soi que tu disposeras chaque jour de plusieurs heures rien que pour toi, poursuivit Katherin. Mais tes heures de travail et tes heures de repos pourront se répartir d'une manière très variable d'un jour sur l'autre. La maison est suffisamment vaste pour t'accueillir, le deuxième étage te sera réservé. Qu'est-ce que tu en penses ?

Abasourdi, Jonathan ne savait quoi répondre.

– Tu veux peut-être voir à quoi ça ressemble ?

– C'est une bonne idée ! fit Louise qui mourait d'envie de visiter la maison.

– Bien, fit Katherin en se levant. Allons voir le « domaine » de *monsieur le secrétaire particulier*.

S'engageant dans le large escalier de pierre, ils firent une brève halte au premier palier. Le parquet était recouvert d'un tapis élimé par endroits. Les murs étaient ornés de tableaux assez anciens, essentiellement des marines, des scènes de tempête ou des vues portuaires où des trois-mâts appareillaient tandis qu'au bout de la jetée de petites silhouettes de femmes aux jupes plaquées par le vent agitaient des mouchoirs blancs. Entourée d'un cadre en bois dont la peinture vieil or était tout écaillée, Nat remarqua également une étonnante petite toile représentant une scène de chasse à la baleine. On y voyait une baleinière soudain soulevée des eaux par un cachalot dont la tête avait émergé à l'aplomb de la fragile embarcation, laquelle s'était brisée en deux sous le choc. Les hommes étaient précipités à la mer, certains s'accrochaient à ce qu'il restait de la barque, d'autres cherchaient à fuir à la nage. Jonathan était fasciné.

–Il y a certainement eu un marin dans la famille du propriétaire, observa Louise.

–C'est ce que je me suis dit aussi, répondit Katherin. Dans l'ensemble, j'aime assez la décoration de cette maison, je la trouve incroyablement dépassée, pas vous?

Ils acquiescèrent et elle leur expliqua qu'elle avait installé sa chambre dans l'ancienne chambre des maîtres, qui donnait sur le parc et avait une vue extraordinaire. Ils gagnèrent ensuite le deuxième étage.

–Il y a quatre chambres à ce niveau. Les trois plus grandes sont un peu vieillottes. J'ai pensé que tu serais mieux dans la plus petite, mais tu es libre d'en choisir une autre si tu préfères... dit-elle à Jonathan.

Elle ouvrit la porte et ils se trouvèrent dans une pièce dont le plancher de bois, le mobilier et la décoration évoquaient une cabine de navire. En face du lit bateau en acajou poli par les ans, une commode aux tiroirs ornés de poignées de cuivre en demi-lune était surmontée d'un miroir rond imitant un hublot. Jonathan eut un sifflement admiratif :

– C'est complètement dingue ! On se croirait dans un décor tout droit sorti du film *Pirates*.

– Une vraie chambre de capitaine de vaisseau ! ajouta Louise.

Elle s'étonna :

– La maison est en parfait état. On jurerait qu'elle est habitée !

– Oui, enfin, ça dépend des pièces, répondit Katherin. On voit bien que *Cotte House* est une vieille maison, mais une fois qu'on a enlevé la poussière, posé quelques tapettes à souris, changé les ampoules et réparé les robinets qui fuient, c'est plutôt sympa.

– Elle a un cachet incroyable. Ça vaudrait vraiment le coup de la remettre en état... observa Louise, songeuse.

Katherin se tourna vers Jonathan en souriant.

– Bon, alors, jeune homme, vous la prenez, ma chambre d'étudiant ? Je vous préviens, c'est l'affaire du siècle.

–On a bien dit une semaine à l'essai?

–Parfaitement.

–Bon. Alors c'est parti.

Katherin les raccompagna jusqu'à la voiture.

–Bien. Je t'attends demain matin. À neuf heures.

–Je le déposerai, dit Louise.

Lorsque les hautes grilles se refermèrent derrière eux, la patronne de *La Grande Ourse* fit claquer la paume de sa main sur la cuisse de son passager.

–Alors, elle était pas bonne, mon idée?

–Excellente, ma Louise, répondit Jonathan avec un sourire.

–Tu me promets de faire gaffe aux fantômes de la «maudite bicoque»? J'ai senti plein d'esprits malins là-dedans, pas toi?

–Ne dis pas de bêtises... C'est la baraque la plus fantastique que j'aie jamais vue!

21

– Quelqu'un a appelé pour toi... dit Paul d'une voix morne.

Allongé sur le canapé, il regardait vaguement la télévision, zappant machinalement d'une chaîne à l'autre et fixant l'écran sans le voir. Sur la table du salon, un reste de pizza refroidissait dans un carton, abandonné entre les taches de sauce et les noyaux d'olives.

– T'en veux un bout?

– Merci. J'ai déjeuné à *La Grande Ourse*. Louise m'a invité. Lasagnes maison.

– Veinard...

– Qui a appelé? demanda Jonathan, intrigué.

– Une certaine madame Forest...

Nat eut l'impression d'avoir raté une marche.

La mère de Betty !...

– Elle voulait te prévenir que sa fille est à l'hosto...

Ce fut comme si une pierre lui tombait au fond de l'estomac.

– ... Rien de grave, rassure-toi. Crise d'appendicite. Mais il y a eu des complications, alors on l'a emmenée à Wieschaus.

C'était un grand centre hospitalier situé à une quarantaine de kilomètres de Cotteville.

– Mais, elle... elle va bien ? fit Nat, la gorge nouée.

– Ouais, ouais, fils ! Juste un début de péritonite, mais elle est dans les meilleures mains possibles et sa mère n'avait pas l'air trop inquiète.

– Bon...

Dans la tête de Jonathan, les pensées se mirent à tourner à toute allure.

– C'est loupé pour notre rendez-vous.

Betty...

Je ne vais même pas pouvoir aller la voir à l'hôpital.

J'espère qu'elle n'a pas trop mal...

– Est-ce que tu oublierais que TOI, tu t'apprêtais à lui faire mal ?

– Moi ? Mais non, justement, je...

– Tu n'avais pas décidé de lui annoncer que c'était fini ?

– Si. Mais c'était pour arrêter de lui faire du mal...

– Très bien. Alors qu'est-ce que tu comptes faire ? Lui téléphoner ? Lui envoyer une lettre à l'hôpital ?

– Non ! Non… On en parlera quand je la reverrai. De toute façon, plus rien n'est pareil maintenant…

– Ah, oui ?

– Il *y a ce job, et…*

– Qu'est-ce que ça change au problème ?

– Je n'en sais rien ! Il faut que je réfléchisse. Il s'est passé tellement de choses depuis deux jours…

– Eh ben, dis donc ! Ça a l'air de drôlement te contrarier, cette affaire ! observa Paul avec un demi-sourire.

– Quoi ? Heu… non ! C'est juste… quel sale coup ! La pauvre…

Jonathan s'assit sur un coin de la table, attrapa le morceau de pizza et l'engouffra en trois bouchées.

– Elles avaient un goût de trop peu ? demanda Paul.

– De quoi ?

– Les lasagnes de Louise.

– Non, non, pas du tout ! dit Jonathan, réalisant seulement ce qu'il venait de faire.

– À ton âge, j'étais comme toi. Un vrai morfal.

Nat détestait que son père le compare à lui. S'il y avait une chose dont il était persuadé, c'était qu'ils ne se ressemblaient pas. Qu'ils ne se ressembleraient jamais.

– À propos de Louise, j'ai une bonne nouvelle. Elle m'a trouvé un job.

Il exposa la proposition que lui avait faite Katherin Bets. Paul s'était redressé, avait coupé la télévision et il observait son fils en silence.

– Qu'est-ce que tu en penses ? l'interrogea Nat, tendu.

– Bien... C'est très bien... fit son père en hochant la tête. Tu commences quand ?

– Demain matin.

Paul alluma une cigarette. Son visage était devenu grave. Pendant quelques minutes, un silence pesant s'installa entre eux, puis Paul eut un petit rire amer.

– Alors toi aussi, tu as décidé de me lâcher ?

Jonathan tressaillit.

– Pourquoi tu dis ça ? Ça n'a rien à voir, tu le sais très bien ! Je vous avais dit que je cherchais un boulot pour l'été...

– Brave Louise, toujours providentielle, hein ? Elle s'est dit que ce serait bien d'éloigner le petit Jonathan de son alcoolo de paternel, vu que la mère s'est barrée ! Une brave femme, toujours prête à rendre service...

Jonathan vit rouge. Une image venait de surgir du fouillis de ses souvenirs. Lui, petit, courant chercher refuge chez Louise quand ses parents se disputaient. Louise l'accueillant, le consolant, l'abreuvant de paroles apaisantes. Et jamais un mot dénigrant Paul ou Babeth. Jamais. Pas une seule fois. Non, pas une.

–Je te rappelle que tu étais censé partir en vacances avec Babeth, ce n'est pas ma faute si tu es encore là ! jeta Nat avec colère. Alors ne passe pas tes nerfs sur moi, s'il te plaît !

Il ne laissa pas à son père le temps de répondre. Il quitta la pièce brusquement et monta l'escalier quatre à quatre, entra dans sa chambre et claqua la porte derrière lui. Il sentait son sang bouillir et tout son corps se mit à trembler. Se jetant à plat ventre sur le sol, il entama alors une série de pompes qu'il enchaîna avec frénésie jusqu'à ce que sa fureur commence enfin à refluer. Au bout de trois séries, il roula sur le plancher, en nage, les bras en croix et les yeux au plafond, et attendit que ses battements cardiaques et sa respiration reprennent un rythme normal. Il n'avait plus qu'une idée en tête, plus qu'une seule envie : s'en aller d'ici. Il se leva d'un bond, fonça sous la douche, puis revint dans sa chambre et commença à préparer ses affaires.

Lorsque le téléphone sonna, à huit heures, Jonathan n'était toujours pas redescendu. Il entendit Paul décrocher, sortit de sa chambre, resta sur le pas de la porte et tendit l'oreille.

–Oui... oui, Babeth, je sais... tu as raison, je... excuse-moi, je... je traverse une mauvaise passe en ce moment... Non, non, bien sûr... tu n'y es pour rien... Je n'ai pas à vous le faire payer, à toi et au gosse... Je sais... Est-ce que tu veux que je...? Non... bon... je comprends... besoin de réfléchir... Oui, moi aussi de toute façon... Bon... je te le passe, oui... Je t'embrasse... Babeth?... Écoute... voilà, je... enfin... vous comptez beaucoup pour moi, d'accord...? Oui, oui... je te le passe...

Jonathan était descendu en silence et se tenait sur le seuil du séjour. Son père se tourna vers lui et lui tendit le combiné, le visage ravagé. Nat détourna le regard et prit le téléphone. Babeth lui expliqua qu'elle allait rester chez sa sœur jusqu'à la fin du mois et qu'elle avait demandé à Paul de ne pas la rejoindre. Il ne fit aucun commentaire. Il lui parla rapidement de son job chez Katherin Bets.

–Comment? Mais... c'est incroyable... et tu... tu vas t'installer là-haut... Je veux dire... à *Cotte House*?!... demanda-t-elle avec une pointe d'anxiété dans la voix.

Jonathan ne put réprimer un soupir d'agacement.

–Où est le problème?...

–Je ne sais pas... Enfin, tu sais bien... c'est... un drôle d'endroit tout de même...

–J'ai visité la maison, il n'y a aucun souci.

–Ah, bon? Tu y es allé?!!

–Oui. Avec Louise.

Le fait qu'il fasse mention de Louise parut la rassurer un peu.

– Bon... alors c'est très bien. Je suppose que... ça va être une bonne expérience pour toi...

– Certainement.

Jonathan avait hâte de raccrocher. Il sentait sa mère tendue comme un fil prêt à se rompre. Sa voix sautait sans arrêt du grave à l'aigu. Il détestait ça.

– Au fait, tu... tu as trouvé ma lettre? lança-t-elle, espérant le retenir encore un peu.

– Oui.

Il y eut un silence. Babeth inspira profondément.

– Bien. Très bien...

– Bon, il faut que je te laisse, j'ai encore des trucs à préparer pour demain.

– Oui, bien sûr... Fais attention à toi...

– Mais oui...

Jonathan reposa le téléphone. Avant de quitter la pièce, il jeta un regard à son père. Avachi sur le canapé, Paul regardait fixement devant lui, une canette de bière à la main. Nat savait ce que cela signifiait: aucune envie de parler. Ce qui l'arrangeait. Paul lui adressa un vague signe de la main et ralluma la télévision.

Nat se dit qu'il était vraiment temps pour lui d'aller respirer un autre air.

DEUXIÈME PARTIE

Cotte House

1

Cette fois, Louise n'eut pas besoin d'utiliser l'interphone.

Ils trouvèrent le portail béant et la voiture s'engagea sans ralentir entre les grilles, happée par l'allée qui montait à *Cotte House*. Dans le virage, ils croisèrent une camionnette frigorifique qui redescendait en ville. Sur la tôle blanche du véhicule, on pouvait lire :

Richard & Richard

Produits frais, viandes, fruits et légumes

Livraison à domicile

– Au moins, je suis sûre que tu ne mourras pas de faim... observa Louise en souriant.

Ils trouvèrent Katherin dans la cuisine, une vaste pièce carrée où trônait une grande cheminée de pierre ornée d'une poutre en chêne massif. Disparaissant à moitié derrière une montagne de provisions empilées sur la table, l'écrivain leur tournait le dos. Visiblement très concentrée, elle était en train de ranger l'épicerie dans un placard et ne les avait pas entendus entrer. Lorsque Louise donna deux petits coups sur la porte pour lui signaler leur présence, elle fit un bond et se retourna vivement, la main posée sur le cœur.

–Ah ! vous voilà... Entrez, entrez !

Son visage se détendit aussitôt et elle leur sourit. Louise eut un geste d'excuse.

–Navrée de vous avoir fait peur...

–Je suis désolée de vous accueillir de cette façon, j'avais complètement oublié qu'on me livrait ce matin...

–Un petit coup de main peut-être ? proposa Louise.

–Ma foi, ce n'est pas de refus... Sinon, je risque d'en avoir pour un moment !

–Je sais ce que c'est ! dit Louise en riant.

Jonathan la suivit et ils firent le tour de la cuisine, guidés par Katherin qui leur montra avec enthousiasme les placards larges et profonds qu'elle avait commencé à remplir, puis le garde-manger attenant, dont les étagères regorgeaient de bocaux et de boîtes de conserve, de packs de lait et de boissons diverses.

–Eh bien ! Vous comptez ouvrir un restaurant et faire concurrence à *La Grande Ourse* ? demanda Louise.

Katherin lui lança un regard amusé.

–Tiens, mais c'est une idée, ça ! Je l'appellerais *L'Étoile polaire*...

–... Et Cotteville deviendra célèbre pour ses restaurants aux spécialités astronomiques... dit doucement Jonathan.

Les deux femmes éclatèrent de rire.

–Je constate avec plaisir que mon secrétaire particulier est assez spirituel, observa Katherin en adressant un clin d'œil à Nat. Venez donc voir la chambre froide.

Au fond de la pièce, un petit couloir débouchait sur l'office, d'où partait un escalier qui menait à la cave. Katherin alluma la lumière et les invita à la suivre.

–Je vais vous faire un aveu, expliqua-t-elle tout en descendant les marches, je déteste faire les courses. Cela m'ennuie profondément et je pense que c'est une perte de temps considérable. Alors j'ai trouvé la solution : je commande et je me fais livrer de quoi me nourrir pendant un mois. Ça me prend une matinée et ensuite je suis tranquille pour plusieurs semaines.

La fraîcheur de la cave leur tomba sur les épaules. On ne décelait cependant aucune trace d'humidité. Les murs étaient sains et le sol en ciment était parfaitement propre. Rien à voir avec l'endroit sinistre auquel Nat s'attendait.

– Vous dites qu'il y a une chambre froide ? s'étonna-t-il.

– Il paraît qu'elle a été installée au moment où la maison est devenue un foyer d'accueil. Quand on doit nourrir un grand nombre de personnes, il est vrai que c'est bien pratique. Vu mes habitudes, je ne vous cache pas que j'ai trouvé ça idéal...

Ils se tenaient à présent devant une large porte peinte en rouge sombre, qui paraissait très épaisse et ressemblait à une énorme porte de réfrigérateur. À droite de la porte, fixé au mur, un petit boîtier semblable à un thermostat permettait de régler la température à l'aide d'une molette. Le curseur indiquait – 18 °.

Katherin appuya sur la poignée métallique avant de tirer la porte à deux mains. Celle-ci s'ouvrit lentement et une bouffée d'air glacé les saisit tous les trois. Leur souffle se transforma en petits nuages de vapeur blanchâtre. Glissant la main droite à l'intérieur de la chambre froide, Katherin actionna un interrupteur. Les néons qui couraient au plafond s'allumèrent en grésillant. La pièce devait mesurer environ deux mètres de long sur un mètre cinquante de large et était pourvue d'étagères sur lesquelles étaient sagement alignés des sachets en plastique blanchis par le froid. Chacun portait une étiquette indiquant son contenu : *steaks*, *côtes de porc*, *cuisses de poulet*, *côtes d'agneau*, *gigot*, *poisson*, *haricots verts*, *brocolis*, etc. Katherin semblait ravie.

–Vous voyez, ce n'est pas la place qui manque. On pourrait loger un bœuf entier là-dedans ! s'exclama-t-elle avant de refermer la porte.

–Formidable, commenta Louise. Vous avez de quoi tenir un siège.

Jonathan frissonna. Il était loin de partager leur enthousiasme et se disait qu'un bon gros congélateur classique suffisait à son bonheur. L'espace d'un instant, une image absurde lui avait traversé l'esprit, celle d'une collection de petits cadavres bien rangés à la morgue dans leurs petits linceuls blancs... Ridicule.

–Bien ! On s'attaque à l'épicerie ? suggéra Katherin.

Ils remontèrent à la cuisine et se mirent au travail. En un quart d'heure, tout était rangé.

–C'est quand même plus rapide à trois. Merci de votre aide, on peut dire que vous êtes tombés à pic ! dit Katherin en se lavant les mains dans l'évier. Jonathan, tu peux installer tes affaires dans ta chambre si tu veux. J'ai mis des draps sur le lit et tu trouveras des serviettes de toilette dans la salle de bains du second. Je te laisse prendre possession de ton domaine.

–Okay, je reviens tout de suite.

– Louise, je vous offre un rafraîchissement ?
– Avec plaisir...

Nat quitta la cuisine le sourire aux lèvres. Il trouvait tout à coup la vie incroyablement légère et cela lui donnait comme une envie de danser. Il récupéra son sac dans l'entrée et monta l'escalier quatre à quatre. Il avait l'impression d'être brusquement devenu châtelain. Jamais il n'avait disposé d'autant d'espace pour lui tout seul. Après avoir remonté le long couloir sombre du second étage, il fut surpris en ouvrant la porte de la chambre marine. À cette heure-ci, le soleil entrait directement par les deux fenêtres en œils-de-bœuf situées face à la porte. On aurait dit deux énormes yeux incandescents braqués sur lui. Nat fut un instant ébloui par la double trouée de lumière. Il pénétra dans la chambre, lança son sac dans un coin, puis il prit son élan et, tel un athlète s'entraînant au saut en hauteur, il bondit en l'air et se laissa tomber à plat dos sur le lit. Son corps s'enfonça dans le matelas qui l'enveloppa comme une gangue moelleuse. Nat songea qu'il lui faudrait certainement une bonne dose de volonté pour arriver à s'en extraire chaque matin. Son regard parcourut la chambre. Les rayons du soleil habillaient le mobilier acajou de reflets d'ambre et de miel. De fines particules de poussière flottaient dans la lumière, donnant à l'air une épaisseur semblable à celle de l'eau de mer où miroitent quantité de minuscules organismes ou de grains de sable en suspension.

« C'est vraiment la classe ! » se dit Nat en se relevant.

Avant de sortir, il jeta un coup d'œil à son reflet dans le miroir. Le visage du garçon qui apparaissait dans le hublot au pourtour de cuivre lui sourit discrètement. Il semblait tout à fait satisfait. Nat lui fit un clin d'œil de l'œil droit. Le garçon répondit en clignant du gauche. Tout était en ordre.

– Bon, eh bien je vais vous laisser travailler ! déclara Louise en serrant chaleureusement la main de Katherin.

Jonathan se sentit soudain tout drôle à l'idée de la voir partir.

– Je t'accompagne jusqu'à la grille, je remonterai à pied !

– Ça roule, ma poule !...

Une fois le portail franchi, Louise tira le frein à main.

– C'est ici que nos chemins se séparent. Bonne chance, mon poussin. Travaille bien !

Elle serra Jonathan dans ses bras et lui fit deux grosses bises à lui dévorer les joues, comme quand il était petit, ce qui le fit rire.

–Ciao, ma Louise. Embrasse Marie pour moi. Vous partez quand en vacances?

–Dans huit jours. On a hâte d'y être.

–Vous penserez à moi qui serai en train de trimer comme une bête...

–C'est ça, oui! À condition que tu passes le cap de la première semaine!

–Je vais tout faire pour. Et après, à moi les vacances de rêve!

–Tu as des projets?

–Un petit séjour à la mer... fit Nat, les yeux brillants.

–J'espère que tu me rapporteras un souvenir.

–Compte sur moi. J'ai déjà une idée.

–Ah oui? Tu es un amour. Qu'est-ce que c'est?

–Un stockfisch empaillé. Ça devrait se trouver.

Louise enclencha la première et fit rugir le moteur.

–Va-t'en au diable, monstre! jeta-t-elle.

Jonathan éclata de rire et regarda la voiture s'éloigner dans l'air vibrant de chaleur. Le bras passé par la vitre ouverte, Louise lui faisait de grands signes. Il lui répondit en croisant et décroisant les siens au-dessus de sa tête jusqu'à ce qu'elle disparaisse de sa vue. Un grincement le fit alors sursauter. Le portail se refermait. Jonathan recula pour regagner l'enceinte de *Cotte House*. Il resta encore quelques instants immobile, regardant droit devant lui, la tête vide, les yeux fixés vers le chemin désormais désert qui descendait sur Cotteville.

Et vers sa vie d'avant.

En se rejoignant, les grilles claquèrent comme des mâchoires de fer.

Jonathan leur tourna le dos et s'engagea résolument dans l'allée.

2

Ils s'étaient mis au travail sans plus attendre.

Katherin lui avait dicté un courrier à son éditeur, trois lettres où elle refusait poliment des invitations à des colloques ou conférences divers, ainsi que deux autres assez conventionnelles à des fans-clubs qui suivaient sa carrière depuis le début.

–Je n'ai plus le temps de répondre aux lettres de mes lecteurs, expliqua-t-elle à Jonathan. En général, je les encourage à rallier un de ces clubs. Je leur fais deux à trois courriers par an, ils les photocopient pour chacun de leurs membres – tu as vu, je fais en sorte que ça ressemble à un courrier personnalisé –, comme ça tout le monde est content et j'ai la paix.

Jonathan fut un peu surpris par son cynisme, mais il n'en laissa rien paraître.

Après le déjeuner, ils s'octroyèrent une pause. Katherin alla s'allonger au frais dans sa chambre. Soudain désœuvré, Nat erra un peu dans la maison. Outre la cuisine et le salon rouge, il y avait au rez-de-chaussée une grande salle à manger grise, triste et poussiéreuse, que Katherin avait visiblement renoncé à investir. Jonathan resta quelques secondes sur le seuil, le temps que ses yeux s'habituent à la pénombre. Des rais de lumière oblique pénétraient par les fentes des persiennes, zébrant la pièce d'une curieuse alternance d'ombre et de clarté. Une massive table rectangulaire en occupait le centre, entourée de huit chaises de bois à haut dossier. Jonathan en fit le tour lentement, imaginant une famille réunie ici à l'heure du repas. Le maître de maison siégeait probablement en bout de table, face à la fenêtre. Dans son dos, au-dessus d'un austère buffet en chêne, un imposant portrait au cadre de bois finement ouvragé était accroché au mur, à environ un mètre cinquante du sol. Jonathan s'en approcha pour l'observer attentivement. L'homme du tableau avait un visage aux traits anguleux, au menton volontaire et aux pommettes saillantes. Son front large et haut était surmonté d'une broussaille de cheveux roux. D'épais sourcils de même teinte ombraient légèrement les yeux gris-vert dont le regard perçant semblait fixer intensément quiconque le regardait. Jonathan en éprouva une sorte de gêne qui lui fit porter son attention sur le reste du tableau. L'homme était représenté debout, en costume sombre, au milieu d'une allée. On apercevait derrière lui la façade blanche d'une maison que Nat ne tarda pas à reconnaître. Au centre de la partie inférieure du cadre, il avisa une petite plaque en cuivre sur laquelle on pouvait lire : *Herman Cotte, Cotte House, 1910.* Ainsi, c'était lui, le fameux architecte... Nat tendit l'index vers l'inscription gravée dans le métal. Lorsqu'il la toucha, il ressentit un picotement désagréable qui le fit reculer instantanément. Levant les yeux vers Herman Cotte, il eut alors l'impression que celui-ci le regardait d'un air sévère. Nat recula d'un pas, haussa les épaules et lui tira la langue. Au même moment, la porte de la pièce se referma en claquant. Nat fit un bond. Devenue soudain plus sombre, la pièce lui parut comme menaçante. Il se força à rire et dit à haute voix :

– Un courant d'air ! On dirait que le vent se lève...

Il longea la table pour regagner la porte, tendit la main vers la poignée, saisit la boule de cuivre et la fit pivoter. Rien ne se produisit. Nat tenta de tirer la porte vers lui, secoua la poignée, en vain. Il l'actionna de nouveau, mais elle semblait coincée. Sans la lâcher, il se tourna alors vers le portrait et, pris d'une impulsion aussi soudaine qu'inexpliquée, il murmura à l'adresse d'Herman Cotte :

– Pardon, c'était pour rire...

Dans sa main, la poignée se décoinça avec un petit déclic et la porte s'ouvrit. Surpris, Nat faillit basculer en arrière. Perplexe, il franchit le seuil puis jeta un dernier regard à la salle grise. Un rayon de soleil traversant la pièce atteignit à cet instant le tableau et vint se poser sur le visage d'Herman Cotte. Nat eut un coup au cœur. L'espace d'une seconde, il lui avait semblé que le coin des lèvres de l'homme s'était légèrement retroussé et qu'une lueur ironique allumait son regard...

Jonathan s'éloigna après avoir refermé la porte et décida de ne plus revenir dans la salle à manger.

Juste à côté, il découvrit un salon-bibliothèque qui lui plut immédiatement. Plus petite que le salon rouge, la pièce était aussi plus fraîche, car orientée au nord. Par la fenêtre, dont les persiennes étaient restées ouvertes, on apercevait les arbres du parc, lequel, de ce côté-ci, se confondait très vite avec la forêt avoisinante. Des rayonnages de bois sombre recouvraient les murs du sol au plafond. Il n'y subsistait que peu de livres, la plupart anciens et poussiéreux, disséminés çà et là sur les étagères. Nat longea la bibliothèque, la tête penchée pour mieux déchiffrer les titres des ouvrages. L'un d'eux, écrit par un certain J. M. Falkner, retint son attention. Son titre l'intriguait : *Moonfleet.* « Une histoire de mer, de contrebandiers et de trésor enfoui, un formidable roman d'aventures », annonçait la quatrième de couverture. N'ayant rien de mieux à faire, Jonathan prit le livre et gagna un vieux fauteuil au cuir râpé. Il s'y assit en travers, passant ses jambes par-dessus l'un des accoudoirs tandis que son dos s'appuyait sur l'autre. Ainsi installé, il posa les yeux sur la première page.

> « Je m'appelle John Trenchard, et j'avais quinze ans lorsque débuta cette histoire. Mon père et ma mère étaient morts tous deux depuis longtemps, et je vivais chez ma tante, miss Arnold, qui était bonne pour moi, à sa manière, mais trop sévère et tatillonne pour que je pusse vraiment l'aimer.
>
> Tout commença un soir d'automne de l'année 1757[1]... »

Il ne lui en fallut pas davantage pour savoir que ce livre allait lui plaire.

Et en effet, dès les premières pages, il se sentit étrangement proche de ce garçon solitaire, capable de passer des heures à contempler la mer. Quelques minutes de lecture dans la maison silencieuse suffirent pour que

1. J. M. Falkner, *Moonfleet*, Phébus, « Libretto », p. 19.

tout s'efface autour de lui, *Cotte House*, Katherin et même Cotteville, pour laisser place au village de Moonfleet et à ses habitants, au bruit des vagues déferlant sur les galets, aux lueurs fantomatiques des soirs de naufrage, à la légende du terrible Barbe-Noire et aux mystérieux grincements montant de la crypte des Mohune...

John Trenchard venait tout juste de découvrir l'entrée d'un souterrain sous une pierre tombale lorsqu'une main se posa sur l'épaule de Nat, le faisant sursauter si fort que le livre lui échappa des mains et tomba sur le tapis avec un bruit sourd.

–Excellent choix ! fit Katherin en se baissant pour le ramasser.

Interdit, Jonathan la regarda fixement. Il y avait quelque chose de changé dans son visage. C'était elle, et en même temps c'était une autre. Ses yeux étrangement rétrécis lui donnaient un regard dur et une longue balafre lui traversait la joue droite ! Jonathan s'ébroua. Il réalisa bien vite que cette étrange métamorphose était seulement due au sommeil, qui avait gonflé les paupières de Katherin et laissé sur sa peau la trace des plis de l'oreiller. La jeune femme bâilla longuement avant de s'excuser en riant :

–Je me suis endormie ! Il est déjà cinq heures, c'est incroyable ! On se remet au travail ?

Jonathan ne cacha pas sa surprise. Il n'avait absolument pas vu le temps passer. Il éprouva une pointe de regret à l'idée d'abandonner son livre, mais il bondit sur ses pieds et répondit avec un sourire :

– On y va !

Il la suivit dans le salon rouge et s'installa de nouveau devant l'ordinateur posé sur le secrétaire.

– Bon ! On va passer aux choses sérieuses, annonça Katherin en ouvrant un petit carnet noir à couverture de cuir. Tu es prêt ?

Nat sentit son cœur s'accélérer légèrement et il se contenta de hocher la tête. S'asseyant à côté de lui, Katherin mit ses lunettes et feuilleta le carnet jusqu'à ce qu'elle trouve la page qu'elle cherchait.

– Ah ! Voilà... On va commencer par la page de titre. Tu centres la première ligne, *Katherin Bets* en corps 16... Voilà... Ensuite tu sautes cinq lignes, tu passes en corps 24, toujours centré, en gras... et tu tapes *Coupes sombres*, au pluriel...

– Vous connaissez le titre dès le début, je veux dire, avant même d'avoir terminé le roman ? s'enquit Jonathan après avoir suivi scrupuleusement ses consignes.

– Oh ! j'ai oublié de te dire... Mon prochain roman est à peine commencé. Juste quelques notes pour l'instant. Le texte sur lequel on va travailler est une nouvelle que m'a commandée un magazine féminin. Je dois leur envoyer pour le numéro de septembre. Ce n'est pas très long. Ça devrait te permettre de te faire la main!

– Impeccable... On met autre chose sur cette page?

– Non, tu peux passer directement à la suivante. N'oublie pas de programmer l'insertion automatique des numéros de page... Je les place de préférence en bas à droite... Voilà, c'est parfait. Allons-y... Tu sautes cinq lignes, tu centres et tu tapes un 1 en gras... Tu sautes trois lignes... Un alinéa... Bon... première phrase: *Il était plus de minuit lorsque le docteur Johnson arriva à la clinique...*

Dans l'ensemble, il s'en tirait assez bien. L'échauffement du matin lui avait permis de gagner un peu d'aisance et il ne faisait pas trop d'erreurs de frappe. Katherin le réprimandait gentiment quand il se trompait d'orthographe, mais cela ne se produisait pas trop souvent et il eut une pensée émue pour un instituteur exigeant qui l'avait autrefois harcelé mais à qui il devait aujourd'hui de posséder une assez bonne maîtrise de la langue écrite. Répondant aux injonctions de Katherin, il était cependant obligé de revenir assez fréquemment en arrière pour supprimer un passage ou remplacer un mot par un autre, et tous deux s'efforçaient de débusquer les répétitions ou de traquer les longueurs inutiles.

Nat se prit vite au jeu, allant jusqu'à oublier le contenu de l'histoire pour se concentrer sur la syntaxe, le rythme des phrases, les sonorités des mots, le choix d'un adjectif ou d'un adverbe, tout ce à quoi il n'avait jamais pensé en lisant un roman et sur quoi Katherin attirait justement son attention.

– Tout ça, c'est la « petite cuisine » de l'écrivain, expliquait-elle. C'est rien que de la tambouille ou du bricolage, si tu préfères. Une idée vient, on la met sur le papier avant qu'elle ne s'échappe, et ensuite... on triture jusqu'à ce que ça rende le son le plus juste possible ! Crois-moi, l'écriture, c'est avant tout une affaire d'oreille.

Ils travaillèrent jusqu'à neuf heures du soir et Katherin fut confuse de s'apercevoir qu'il était si tard.

– Pour me faire pardonner, je te laisse choisir le menu, dit-elle en s'étirant. Qu'est-ce qui te ferait plaisir ?

Ils avaient tous les deux une faim de loup et optèrent pour des spaghettis bolognaise. Pendant que Katherin préparait le repas, Nat imprima les premières pages de *Coupes sombres* et, à sa demande, vint les lui lire à voix haute dans la cuisine. Elle semblait satisfaite. Elle suggéra qu'ils dînent sur la terrasse et il mit le couvert sur une vieille table en fer qu'elle avait recouverte d'une nappe fleurie. Il faisait incroyablement bon et le vent du soir apportait avec lui le parfum vert et boisé de la forêt toute proche. Au pied de la terrasse, les grillons s'étaient mis à chanter doucement. Katherin posa des bougies sur la table, et lorsque Nat les alluma, des papillons de nuit vinrent voleter autour d'eux.

Les spaghettis étaient un peu trop cuits, mais ils se jetèrent dessus et les dévorèrent sans parler, la tête encore trop pleine de phrases, de noms, de verbes et de synonymes.

Il va sans dire que le contenu de leur assiette aurait fait pâle figure à côté des lasagnes de Louise.

Il est cependant non moins certain que c'étaient là les meilleures pâtes que Nat eût jamais mangées.

3

Jonathan découvrit avec horreur qu'il était près de neuf heures et demie lorsqu'il se réveilla le lendemain matin. Après le dîner, ils avaient bavardé un peu sous le ciel étoilé, parlant surtout du travail de Katherin et de sa nouvelle. *Coupes sombres* racontait l'histoire d'un chirurgien devenu fou qui se mettait à mutiler ses patients de plus en plus atrocement. Nat trouvait cela abominable et ne voyait pas trop l'intérêt d'écrire ce genre de choses. Il reconnaissait cependant que si le sujet était loin de l'emballer – ce qu'il se garda bien de confier à Katherin –, le talent avec lequel il était traité était indéniable. Il avait plaisir à l'écouter parler de son travail d'écriture et il comprenait mieux ce que cela signifiait, à présent qu'il avait d'une certaine façon mis lui aussi la main à la pâte. Fatigué par la tension de cette longue journée, il n'avait pas trop tardé à aller se coucher, mais n'avait pu résister au plaisir de se replonger dans la lecture de *Moonfleet*. Le sommeil l'avait cependant terrassé au bout de quelques pages et il avait dormi d'un sommeil de plomb jusqu'à ce qu'un perfide rayon de soleil vienne lui chatouiller le nez et agacer ses paupières closes.

Il sauta hors de son lit, fila sous la douche, enfila un short et un tee-shirt propres, et descendit en vitesse. Allongée dans un transat, Katherin buvait une tasse de thé sur la terrasse. Elle portait une robe légère à bretelles qui mettait sa silhouette en valeur, et lorsqu'elle se tourna vers Jonathan, il ne put s'empêcher de rougir.

–Pardonnez-moi... madame Bets... bredouilla-t-il, j'ai... oublié de mettre le réveil.

–Ah, non ! s'exclama-t-elle, les sourcils froncés.

Il se dit qu'effectivement il commençait mal et qu'elle avait raison d'être fâchée. Mais il ne s'agissait pas de cela.

–Tu vas me faire le plaisir de me dire *tu* et de m'appeler Katherin ! Il me semble que je te l'ai déjà dit... *Madame Bets*, répéta-t-elle en l'imitant. Non mais je te jure !...

Nat rougit encore plus violemment et elle éclata de rire.

–Eh bien, quoi! Tu as perdu ta langue? Peut-être qu'un café bien tassé te la rendra!

–Heu... oui! oui! J'y vais! dit Nat en prenant la direction de la cuisine.

–J'en ai fait une cafetière pleine, tu n'as plus qu'à te servir!

–Merci beaucoup...

–Quand tu es prêt, retrouve-moi dans le salon rouge.

–D'accord...

Il fila sans demander son reste. Il se sentait horriblement gamin et se serait donné des claques. Le café chaud l'aida à retrouver ses esprits. Quelques minutes plus tard, il rejoignait Katherin et tous deux se mettaient au travail.

–Tu peux me relire la dernière phrase, s'il te plaît?... Okay, allons-y...

La journée s'écoula sur un rythme semblable à celui de la précédente. Il en fut de même le lendemain et les jours suivants, mis à part le fait que Jonathan pensa à régler son réveil et se leva nettement plus tôt. Ils profitaient tous deux de la fraîcheur des matinées pour travailler, puis faisaient une longue pause après le déjeuner. Katherin allait se reposer et Nat reprenait sa lecture. Il trouvait l'histoire de John Trenchard de plus en plus passionnante. Ce serait presque devenu un supplice de devoir s'en arracher si la compagnie de Katherin n'avait pas été aussi agréable ni le travail qu'elle lui faisait faire aussi intéressant. Au fil des jours, Nat devenait un dactylographe de plus en plus accompli et ils avançaient de plus en plus vite, si bien qu'ils s'arrêtaient plus tôt le soir et qu'il eut bientôt le loisir de se promener dans le parc qui entourait *Cotte House,* et même au-delà.

L'ombre bienfaisante des grands pins l'accueillait, mêlant à l'air encore chaud un épais parfum de résine, tandis que les aiguilles sèches et brunes craquaient sous ses pas. Derrière la maison, Nat avait découvert un chemin forestier qui grimpait à flanc de colline, assez large pour laisser passer une voiture. Il l'avait suivi plusieurs fois. Au bout de vingt minutes de marche dans une forêt composée de pins, chênes et châtaigniers, on débouchait sur un espace dégagé où le terrain s'aplanissait avant de s'interrompre brutalement, plongeant sur un gouffre. On se trouvait en effet juste à l'aplomb d'une ancienne carrière à ciel ouvert, d'où provenait la pierre qui avait servi à construire la plupart des maisons de Cotteville. Au-delà, la vue était dégagée et Nat aimait particulièrement venir s'asseoir à cet endroit. Il avait repéré un gros rocher plat sur lequel il grimpait afin de regarder le soleil décliner sur la plaine.

D'autres fois, quand il ne faisait pas trop chaud, il empruntait l'un ou l'autre des sentiers qui partaient du chemin principal, arpentant la forêt avec bonheur. Ces grandes marches lui vidaient la tête et il en profitait pour s'abandonner aux rêveries les plus folles, imaginant tour à tour qu'il était le jeune John Trenchard à la poursuite du diamant de Barbe-Noire, un contrebandier cherchant une bonne cache pour sa marchandise, ou ce jeune homme que la belle Grace attendait chaque soir, posant pour lui une bougie sur le bord de sa fenêtre, là-haut dans son château... Une ou deux fois, il se surprit à songer à Betty, mais il l'écarta aussitôt de ses pensées, car il avait à présent la tête occupée par des choses qui lui semblaient beaucoup plus importantes. Bien sûr, il y avait ce livre, *Moonfleet*, son nouveau compagnon, arrivé dans sa vie comme Vendredi dans celle de Robinson. Mais il y avait aussi ce job, incroyable, inattendu, ce rôle de secrétaire particulier auquel il prenait goût bien plus qu'il ne l'aurait cru. Et puis il y avait Katherin...

– *Quoi, Katherin ?*

– *Rien. Avec elle, je suis bien, c'est tout.*

– *Bien comment ?*

– Bien. Je ne pense à rien. Je me repose. Je n'ai plus peur.

– Peur de quoi ?

– Je ne sais pas. En fait, si, j'ai peur. Mais ce n'est pas la peur d'avant, c'est autre chose... Jusqu'ici, j'avais peur des autres, maintenant...

– Maintenant ?

– J'ai peur de moi. Je crois...

Un soir, Jonathan venait de rentrer de sa promenade lorsque Katherin lui demanda :

– Alors, Jo, qu'est-ce qu'on décide ?

Surpris, il la dévisagea.

– À propos de quoi ?

Assise sur la terrasse, elle passait et repassait ses doigts derrière son oreille pour y faire tenir sa mèche de cheveux. Avec sa peau dorée, sa robe légère et sa silhouette menue, elle avait l'air d'une jeune fille. Elle plongea ses yeux dans les siens.

– À propos de nous.

Nat sentit son cœur s'emballer. Elle le regardait en souriant.

– On continue ou pas ? Qu'est-ce que tu en penses ?

Réalisant tout à coup de quoi elle voulait parler, il demanda, stupéfait :

– Ça fait déjà une semaine ?

– Exact, jeune homme.

– Eh bien... pour moi, c'est bon, enfin, je veux dire... Mais toi, qu'est-ce que tu en penses ?

Les mains posées sous ses cuisses et tenant le bord de sa chaise, Katherin balançait ses jambes comme l'aurait fait une enfant, caressant au passage les dalles de la terrasse avec ses pieds nus.

– Il me semble... commença-t-elle.

Elle leva les yeux vers Jonathan qui retenait son souffle.

– Il me semble qu'on forme plutôt une bonne équipe tous les deux, non ?

Il eut du mal à contenir un soupir de soulagement.

– Oui, je crois...

– Bien ! Alors considère que je t'embauche.

Sur ces mots, elle se leva et rentra dans la maison. Jonathan pivota sur ses talons et tourna son visage vers le ciel. Sur sa gauche, les arbres rougeoyaient dans les flammes du couchant. À l'opposé, les premières étoiles s'allumaient entre les branches sombres, scintillant dans la nuit comme des phares lointains.

4

–C'est vraiment à chier ! s'exclama Katherin en jetant avec colère les feuilles que Jonathan venait d'imprimer.

Il se précipita pour les ramasser et demanda, mortifié :

–J'ai fait des fautes ? Oublié des mots ? Je me suis planté dans la mise en pages ?...

Elle se leva et se mit à faire les cent pas dans le salon rouge. Une soudaine averse les avait contraints à rentrer à la fin du dîner. Il avait fait affreusement lourd toute la journée et la pluie qui tombait à présent ne parvenait même pas à rafraîchir l'air épais et immobile.

–Mais non, c'est moi ! Ce texte est vraiment nul !

–Pas du tout... Pourquoi tu dis ça ? demanda Jonathan, perplexe.

D'un geste nerveux, Katherin balaya une mèche de cheveux que la sueur avait collée sur son front et elle se laissa tomber dans le large fauteuil à oreilles. Le cuir du coussin exhala un long soupir. Les sourcils froncés, Katherin leva vers Nat un regard anxieux qu'il ne lui connaissait pas.

– C'est sûrement à cause de tous ces cauchemars...

– Des cauchemars ?

– Oui ! Depuis que je suis ici, je dors très mal. Je fais des rêves pénibles, toujours les mêmes...

– Quel genre de rêves ? demanda Nat.

– Oh ! ça n'a aucune importance. Ne m'écoute pas, je suis en train de me chercher des excuses, alors qu'en vérité...

– En vérité ?

– Ça ne sert à rien de se cacher derrière son petit doigt, dit Katherin avec colère. Cela fait un bon moment que je n'ai plus rien écrit de valable. Je croyais qu'en venant ici quelque chose se produirait, une sorte de déclic, je ne sais pas... Que la machine se remettrait en route...

– Ça va peut-être venir, tenta Jonathan, après tout, tu n'es pas ici depuis très longtemps...

– Non. C'est un vrai blocage, je le sais... Ça dure depuis des mois. Je n'en ai parlé à personne, je me suis dit que ça allait passer, j'ai fait semblant... Des mois !...

Désemparé, Nat ne savait plus trop quoi dire. Il y eut un long silence. Dehors, l'averse s'était transformée en pluie battante. On n'entendait plus que le martèlement des gouttes sur la table en fer de la terrasse. Jonathan se leva.

– Tu veux boire quelque chose ?

Il fallait qu'il bouge, qu'il agisse. Il ne pouvait pas rester ainsi à la regarder, pour la première fois triste, soucieuse, perdue. Ça lui était insupportable.

Elle eut un semblant de sourire.

– Tu irais nous chercher une bouteille de vin à la cave ? Prends du bon. Un bordeaux...

– Ça marche.

Nat traversa la cuisine puis l'office et ouvrit la porte qui menait à la cave. En se trouvant soudain face à l'obscurité béante, il éprouva une désagréable sensation de vide au creux de l'estomac et des fourmillements dans les jambes. Il se hâta d'allumer la lumière. Un peu tendu, il s'engagea dans l'escalier et descendit les marches rapidement. Arrivé en bas, il regarda autour de lui. L'unique ampoule suspendue au plafond de la cave dispensait un éclairage blafard. Dans la journée, on ne s'en rendait pas compte grâce aux larges soupiraux qui laissaient pénétrer la lumière du jour, mais de nuit le lieu devenait lugubre. Les casiers à bouteilles sur lesquels Katherin avait entreposé son vin se trouvaient dans le coin le plus sombre de la pièce, sur la gauche. Nat n'avait que quelques pas à faire, pourtant il hésitait, cherchant soudain l'air, un poids invisible lui comprimant les poumons. C'était comme si une main posée sur sa poitrine avait souhaité le mettre en garde, l'empêchant de s'aventurer plus loin. Un frisson courut le long de son échine et il eut l'impression de sentir une présence tapie dans l'ombre. Il fit brusquement volte-face, tous les sens en alerte. Il y eut alors un léger déclic, suivi d'un grondement qui lui fit bondir le cœur dans la poitrine. Puis il inspira profondément et souffla pour relâcher la pression. Il se traita d'imbécile. Ce n'était que le moteur de la chambre froide. Le système automatique s'enclenchait à intervalles réguliers.

–Je suis venu chercher une bouteille.

Sa voix résonna étrangement dans le silence épais de la cave.

–C'est par là...

En passant, il ne put s'empêcher de jeter un regard à la porte rouge. Une image traversa alors son cerveau, fulgurante, démente.

Des crochets.

Des crocs de boucher. En acier rutilant.

Une rangée de crochets montés sur rail auxquels étaient suspendus des quartiers de bœuf sanglants. Hauts comme un homme. Nat secoua vivement la tête et détourna les yeux, tâchant de se concentrer sur le vin. L'image s'évanouit. Du bordeaux... Elle avait dit du bordeaux... Ah, voilà ! Il saisit une bouteille et se dépêcha de remonter à la cuisine, avalant les marches en se cramponnant à la rampe.

Une fois en haut, il claqua la porte de l'office derrière lui et respira. Il attrapa un tire-bouchon et deux verres ballons, et regagna le salon rouge. Pelotonnée dans son fauteuil, Katherin avait le front soucieux. Elle s'efforça cependant de sourire en le voyant arriver. Nat déboucha la bouteille, versa un peu de vin dans un verre qu'il tendit à Katherin. Elle le goûta et hocha la tête en signe d'approbation. Il remplit les deux verres et ils trinquèrent.

– À ton prochain livre ! dit Jonathan sur un ton qu'il voulait convaincant.

– Tu es gentil... répondit Katherin. Je suis désolée de t'embêter avec ça. J'aurais mieux fait de me taire.

– Je suppose que tous les artistes traversent ce genre de crise, non ?

– Oui, bien sûr...

Katherin se renfonça dans son fauteuil, le regard dans le vide. Nat avait glissé le pied de son verre entre majeur et annulaire, et, tenant la partie supérieure avec quatre doigts, il s'amusait à faire lentement tourner le vin dans la lumière pour en observer la robe.

–Il est bon, non? Je ne m'y connais pas trop, mais j'ai l'impression...

–Oui. Pas mal.

–Bon, alors qu'est-ce qu'on fait? demanda Nat.

–À quel sujet?

–Ta nouvelle. Tu veux la refaire ou on la laisse comme ça?

–Oh! on la laisse! Je ne peux plus la voir. Je n'aurai pas le courage de la retravailler. De toute manière, ça n'a aucune importance, vu le public qui lit ce genre de magazine, il ne ferait même pas la différence...

–Alors on a fini?

–On a fini! s'exclama Katherin en se servant un deuxième verre de vin. Et dès demain, je me remets sérieusement à mon roman.

–Je peux savoir de quoi ça parle?

–Top secret. Je suis superstitieuse, je ne parle jamais d'un livre tant qu'il n'est pas fini.

–Il ne sera pas trop gore quand même, enfin... je veux dire, moins que *Coupes sombres*...

–Non, non! Je pense faire quelque chose de complètement nouveau. Je voudrais que ce soit de la qualité de *La Nuit du loup* tout en étant très différent. Au fait, tu l'as lu? J'aimerais bien avoir ton avis.

–Pas encore... Désolé. En ce moment, je lis *Moon-*

fleet, tu sais... Mais je l'ai presque terminé. Après, j'attaquerai *La Nuit du loup*, promis.

–*Moonfleet*... murmura Katherin en se penchant pour attraper la bouteille de bordeaux. Tu en reveux?

–Non, non. Ça va, répondit Nat, qui n'avait toujours pas terminé son premier verre et n'avait aucune intention d'en boire un autre.

Il regarda Katherin remplir le sien. Il lui sembla que son regard bleu s'était légèrement embué. Elle but lentement, le regard de nouveau dans le vague, avant d'ajouter:

–Mon fils l'a lu quand il avait quinze ans. C'était son livre préféré.

–Ah bon, tu as un fils?! fit Nat, surpris.

Il n'avait jamais pensé qu'elle pût avoir un mari, des enfants, une famille... Pour lui, Katherin était un être à part, sans âge précis, qui échappait à toutes les conventions sociales, à tous les schémas préétablis, quelqu'un d'incroyablement libre... Elle remplit de nouveau son verre et but le vin en silence. Plusieurs minutes s'écoulèrent. Chacun d'eux était plongé dans ses pensées.

–Tu as un fils... répéta Jonathan.

Katherin posa alors sur lui un regard qui lui rappela douloureusement celui de Babeth.

–*J'avais* un fils... Il est mort il y a huit mois. Accident de moto.

–Je... je suis désolé... fit Jonathan, soudain très mal à l'aise.

–Tu n'as pas à être désolé. Tu n'y es pour rien.

Jonathan posa son verre sur la table du salon. Il se sentait oppressé et se redressa pour respirer plus librement.

–Tu... tu veux que je te laisse? demanda-t-il.

Les yeux baissés, la voix rauque, Katherin continua.

–Il venait d'avoir vingt ans. Son parrain lui avait offert la moto pour son anniversaire. J'étais contre... Je l'ai élevé seule, tu sais, son père est parti à sa naissance. J'aurais dû tenir bon, mais il avait l'air tellement heureux... J'ai cédé.

Elle parlait avec une certaine lenteur. Les mots prenaient dans sa bouche une épaisseur inhabituelle. Ils peinaient à franchir ses lèvres que le vin commençait à engourdir. Pourtant, elle poursuivit:

–J'ai eu une violente dispute avec son parrain. C'est lui qui avait mis cette histoire de moto dans la tête de Joël. Je lui ai demandé de lui offrir un autre cadeau d'anniversaire. Il m'a répondu qu'il était temps que j'arrête de jouer les mères poules. Que, de toute façon, Joël avait déjà choisi le modèle et que la commande était passée... C'est lui qui a apporté la moto à mon fils le jour de ses vingt ans. Un mois plus tard, il...

Elle s'interrompit brusquement. Dans sa main droite, le verre s'était mis à trembler. Elle leva un bref instant les yeux. Son regard bleu était noyé de larmes. Jonathan sentit son cœur se serrer et sa gorge se noua si fort qu'elle devint soudain affreusement douloureuse. Bouleversé, il se leva et tomba à genoux près de Katherin, posant sa main sur la sienne pour l'empêcher de trembler. Elle le regarda avec une infinie tendresse et se mit à lui caresser les cheveux.

– Tu lui ressembles beaucoup, tu sais... Tu es beau comme lui...

Et là, brutalement, il sentit quelque chose chavirer en lui. Il eut envie de prendre Katherin dans ses bras, de la serrer contre lui, de sentir son odeur, de...

– Nat ?...

Nat, qu'est-ce que tu fais exactement ?...

Tu délires, ou quoi ?

Ce fut comme s'il recevait un coup de poing en pleine poitrine. Il se releva brutalement, regarda Katherin comme s'il la voyait pour la première fois et se précipita hors du salon rouge. Il saisit la rampe de l'escalier et courut jusqu'à sa chambre, ferma la porte à clé et se jeta sur son lit, haletant, fiévreux, incapable de penser, submergé par une indicible sensation de dégoût. Restées ouvertes, les deux fenêtres ovales avaient largement laissé entrer la pluie, et le parquet de la chambre était trempé sur un bon mètre. Nat se releva pour les fermer puis il se recoucha, les yeux fixés sur le ciel sombre, les deux mains plaquées contre ses oreilles pour tenter de faire taire les voix qui hurlaient dans sa tête.

5

La sonnerie traversa *Cotte House* comme une flèche, partit en vrille dans l'escalier et grimpa dans les étages, insistante, aiguë et chevrotante. Un son d'une autre époque. Émergeant avec difficulté d'un sommeil alourdi par des rêves désagréables, Jonathan crut tout d'abord à une alarme. Le cœur battant, il mit quelques secondes à se rappeler où il était. Une fois reconnecté, il s'assit dans son lit et écouta. L'insupportable bruit de grelot continuait de résonner dans toute la maison.

Téléphone.

Il n'avait même pas remarqué qu'il y en avait un à *Cotte House*.

– *Si.*

Tu sais bien.

Au pied de l'escalier.

Sur le guéridon.

Un machin antique en Bakélite. Noir.

Exact. Ça lui revenait. La sonnerie finit par s'interrompre. Nat attrapa son réveil. Neuf heures et demie. Merde. Il se leva pour ouvrir les fenêtres. Dans la chambre, la chaleur était étouffante. Nat se pencha pour jeter un coup d'œil dehors. Il faisait beau. La pluie de la veille donnait au paysage un nouveau relief. Une brise légère faisait osciller les branches des pins et donnait à l'air matinal un parfum de résine.

–Joooooooo!... C'est pour toi!

La voix de Katherin. La soirée de la veille remonta brusquement à sa mémoire et il fut pris d'une violente envie de fuir. Il répondit d'une voix étranglée:

–J'arrive!...

Lorsqu'il atteignit le pied de l'escalier, il constata avec soulagement que Katherin n'était plus là. Il saisit le combiné qu'elle avait posé sur le guéridon.

–Allô?...

–Comment ça va, mon poussin?

–Louise!...

–Eh bien, on dirait que ça te fait plaisir de m'entendre.

–Tu parles, Charles!... Comment ça va, vous deux?

–Impeccable, on est sur le départ. Dis donc, tu ne donnes pas beaucoup de nouvelles, mon saligaud !

Confus, Jonathan réalisa que depuis qu'il était à *Cotte House*, il vivait dans une sorte de bulle hors du temps et de l'espace, sans aucun lien avec sa vie d'avant. Il s'était pourtant promis d'appeler Louise, mais il avait tout simplement *oublié*...

–Excuse-moi. Je n'ai pas vu le temps filer.

–Ça se passe bien ? Katherin m'a dit qu'elle était très contente et que vous aviez déjà fait un super-boulot.

–Ouais. Je ne me débrouille pas trop mal.

–Vous vous entendez bien tous les deux ?

Jonathan sentit une petite crispation dans sa poitrine.

–Oui. Elle est très sympa.

–Elle m'a dit qu'elle t'avait finalement embauché jusqu'à la fin du mois, c'est formidable !

–Oui. Merci, Louise, c'est grâce à toi...

–Tsss, tsss, tsss !... Bon, que je te dise avant d'oublier, avec Marie, on a fait un saut jusqu'à Wieschaus hier après-midi. Betty va bien, elle sort la semaine prochaine. Elle était un peu triste de ne pas avoir de nouvelles de toi, ce serait gentil que tu l'appelles...

Nat se mit à enrouler nerveusement le cordon du téléphone autour de son doigt.

–Oui, oui, bien sûr. Je vais le faire...

–Dernière chose, j'ai vu le docteur Bauer, il est passé voir ton père, qui n'allait pas très fort. Figure-toi qu'il a reçu un courrier de *Telma* l'avisant que, « dans la perspective de son évolution de carrière, la direction prévoyait de redéfinir son poste à compter du 1er septembre »... Je suppose que tu sais ce que ça veut dire...

–C'est pas vrai !... Cet enfoiré de Franz a obtenu ce qu'il voulait. Paul ne dessinera plus... Ça va le rendre dingue !

–Écoute, ce n'est pas certain. On ne sait pas encore ce qu'ils vont lui proposer. Il s'agit peut-être d'un avertissement... En tout cas, le toubib le suit de près. D'après lui, une cure de repos en institution spécialisée ne serait pas du luxe, mais Paul s'y oppose catégoriquement. Tu le connais, il est têtu, l'animal. Il dit qu'il a juste besoin de rester seul. Il veut qu'on le laisse réfléchir tranquillement et assure qu'il va remonter la pente. Bauer lui a filé des médocs, un anxiolytique léger... Mais ne te fais pas de souci, il a dit qu'il passerait le voir deux fois par semaine. Et ton père sait ce qu'il fait, ce n'est plus un gamin...

–Okay... Merci, Louise.

–Et toi, tu vas bien ? Tu te plais à *Cotte House* ?

–Ça va. Aucun fantôme n'est encore venu me tirer les pieds la nuit.

–Sûr! Je les ai briefés avant. Ils savent qu'ils ont intérêt à bien se tenir. Bon, mon poussin, je vais te laisser, sinon on va rater notre avion. On te fait plein de grosses bises. Travaille bien et... pas de bêtises, hein!

Dans la bouche de Louise, «pas de bêtises» signifiait simplement «prends soin de toi». Mais Jonathan y entendit pour la première fois une sorte de mise en garde et il eut le pénible sentiment d'avoir été pris en faute.

–Allô? Tu es toujours là?...

–Oui, oui... Je vous embrasse aussi. Profitez bien de vos vacances. Merci pour tout, ma Louise. Ciao, ciao...

Il resta un instant songeur à côté du téléphone et sursauta lorsque la voix toute proche de Katherin demanda:

–Je te fais un café?

–Je veux bien... répondit-il sans la regarder.

Il la rejoignit dans la cuisine après avoir pris une douche. Assise devant un bol fumant, elle l'accueillit avec un large sourire. Il prit place en face d'elle et elle lui remplit sa tasse.

–Des mauvaises nouvelles?...

Jonathan hésita un peu avant de répondre:

–Ils essaient de virer mon père... *Telma*, l'usine de jouets.

–Ah, il travaille là-bas? Qu'est-ce qu'il fait?

–Il bosse à la conception graphique. Il dessine des modèles de figurines et des personnages de jeux vidéo. C'est un bon.

–Dans ce cas, pourquoi est-ce qu'ils cherchent à se débarrasser de lui?

Gêné, Nat se mit à tourner lentement sa cuillère dans sa tasse de café. Il répondit sans regarder Katherin:

–Il a eu des problèmes de... enfin... il *a* un problème avec... l'alcool. Mais il va s'en sortir, j'en suis sûr. Ils n'ont pas le droit de faire ça, ils vont le faire plonger définitivement!

–Ça fait longtemps? demanda doucement Katherin.

–Longtemps, quoi? fit Nat, agressif.

–Ce problème.

Jonathan avala une gorgée de café brûlant et grimaça.

–Ben en fait... ouais. Sauf qu'au début c'était pas trop grave. Je crois... je crois que ça fait dix ans. Peut-être douze.

Le front plissé, Katherin paraissait réfléchir intensément. Ils finirent tous deux leur café sans parler, puis, au bout de quelques minutes, elle rompit le silence:

–Écoute... je ne voudrais pas te donner de faux espoirs, mais je vais te dire quelque chose que personne ne sait. Je n'ai pas atterri à Cotteville entièrement par hasard.

Mon frère travaille depuis cinq ans chez *Telma*. Je crois bien qu'il occupe un poste à responsabilité...

–Ah bon?!! fit Nat comme si on venait de lui annoncer que *La Grande Ourse* allait fermer ou que Tante Margie avait renoncé à lire.

–Oui. Roch et moi, on est un peu en froid, mais je me disais que ce séjour à *Cotte House* serait peut-être l'occasion d'essayer de renouer... Je pensais l'inviter à dîner ou quelque chose comme ça, tu vois? Je pourrais en profiter pour lui toucher un mot au sujet de ton père, on ne sait jamais...

–Tu crois? fit Nat, plein d'espoir. En même temps, ça me gêne vis-à-vis de ton frère. Je ne voudrais pas qu'il pense qu'on lui a tendu un piège...

–Ne t'en fais pas pour lui, va! Il a une dette envers moi, je suis sûr qu'il sera tout disposé à rendre service à un de mes amis...

–Ce serait cool... Mais si ça marche, on ne dit rien à Paul, surtout!

–Paul?

–Mon paternel.

–Évidemment.

Jonathan se leva et attrapa bol et tasse pour aller les rincer dans l'évier. Tournant le dos à Katherin, il murmura :

–Merci. C'est vraiment chic de ta part.

–Attends, rien n'est fait ! Si ça marche, tu auras tout le temps de me remercier. Eh ! mais qu'est-ce que tu fais ? demanda-t-elle en le voyant saisir assiettes et casseroles sales pour les plonger dans l'eau chaude.

–La vaisselle d'hier soir, pourquoi ?

–Laisse donc ça ! dit-elle en riant. Tu es mon secrétaire, pas ma bonne !

Mais il tint bon.

–Ça me fait du bien, ça me calme, déclara-t-il en plongeant ses avant-bras dans la mousse.

–Merci...

Katherin resta assise derrière lui et se mit à rassembler machinalement les miettes qui traînaient sur la table en les balayant du tranchant de la main.

–Jo... je voudrais m'excuser pour hier soir. Je suis vraiment désolée, je n'aurais jamais dû te parler de ça...

–Non, c'est moi... Je...

–Je n'ai pas à te plomber avec mes histoires, c'est ridicule, oublie tout ça. Tu ne m'en veux pas trop ?

–Mais non ! C'est moi qui...

–Écoute... je voulais te dire une chose... Je comprendrais tout à fait que tu aies envie de t'en aller après ce que je t'ai dit hier, mais... Enfin, je... j'aimerais que tu restes, voilà.

À cet instant précis, Nat se débattait entre des sentiments contradictoires. Il avait le plus grand mal à savoir ce qu'il voulait réellement au fond de lui.

Première solution : quitter *Cotte House*. Cela signifierait à la fois rejoindre son père et revoir Betty, donc devoir prendre une décision. Il se disait qu'il pourrait aider son père en étant à ses côtés, mais, pour être franc, cela lui paraissait au-dessus de ses forces. Il était si bien, loin de sa famille !... C'était une expérience nouvelle qu'il n'avait pas envie d'écourter. D'autre part, il y avait l'espoir d'une intervention du frère de Katherin. Ainsi, Nat se disait qu'il serait bien plus utile à son père en restant ici qu'en rentrant à la maison, où il passerait ses journées à tourner en rond. Quant à Betty, il ne se sentait absolument pas le courage de se retrouver en face d'elle pour le moment.

Il examina la seconde solution. Rester à *Cotte House* voulait dire échapper à toutes ces perspectives désagréables, mais aussi faire face à d'autres difficultés. Lorsqu'il y songeait, il sentait poindre en lui l'intuition de quelque chose d'encore assez confus, trouble et vaguement menaçant, une sorte de prémonition totalement irraisonnée, tout aussi effrayante qu'attirante. L'ennui, c'est qu'il ne parvenait à mettre aucun mot sur ce qu'il ressentait, si ce n'est qu'il était avant tout en colère contre lui-même. Un peu honteux également.

D'un autre côté, demeurer à *Cotte House* lui permettrait de continuer à avancer : en prenant la décision de venir ici, il avait permis à sa vie de prendre un nouveau tournant. C'était son premier travail, la première fois qu'on ne le considérait pas comme un gamin. La première fois qu'il vivait quelque chose *pour lui*. Il réalisa qu'il commençait seulement à être enfin lui, qu'il n'avait plus besoin de faire semblant. C'était un sentiment délicieux. Enivrant. Et ce dont il était certain, c'est qu'il ne se sentait absolument pas prêt à y renoncer.

– Comment t'expliquer… reprit Katherin. Le simple fait que tu sois là me redonne du courage, tu comprends ?

Nat se tourna lentement vers elle, ouvrant de grands yeux étonnés. Elle eut un petit rire un peu contraint.

– Finalement, ce n'était peut-être pas une si bonne idée que ça de m'installer ici toute seule. Je crois que si tu pars, je ne resterai pas non plus.

Quelque chose s'affola en Jonathan et il s'entendit répondre :

– Ah, mais non ! Ce n'est pas possible. On a encore beaucoup de choses à faire…

Katherin éclata de rire.

– C'est toi qui as raison ! Tu es vraiment un garçon très sain et ça fait le plus grand bien à une pauvre âme torturée comme la mienne !…

Elle se leva et frappa le bord de la table du plat de la main d'un air enjoué.

– Bon ! J'ai juste une lettre à te dicter, et après, tu as quartier libre. Tu as fait pas mal d'heures sup ces jours derniers, tu as bien mérité de te reposer. Si tu as envie d'aller te balader en ville, je crois qu'il y a un arrêt de bus à vingt minutes à pied. Moi, je me remets à mon roman et on fait le point ce soir, ça te va ?

– Marché conclu ! s'exclama Jonathan en faisant claquer sa paume contre celle de Katherin.

Il était content : elle avait retrouvé sa gaieté.

Pour sa part, il se sentait à nouveau le cœur léger. À la fin de la matinée, il constata que ses sombres pensées s'étaient éloignées comme elles étaient venues et il se demanda ce qui avait bien pu lui passer par la tête.

Les murs de *Cotte House* n'étaient-ils pas finalement chargés d'ondes néfastes, comme certains le prétendaient ?...

6

« Le vacarme était assourdissant ; il s'y mêlait les hurlements du vent dans le gréement, le tonnerre des vagues déferlantes et, dominant le tout, l'énorme grondement du ressac qui roulait les galets[1]... »

Pris dans une effroyable tempête, prisonnier d'un navire abandonné par son équipage, le jeune John Trenchard luttait contre la mort avec toute l'énergie du désespoir. Seul dans la pénombre de la bibliothèque, les deux jambes jetées par-dessus l'accoudoir du fauteuil en cuir, ses dents mordillant nerveusement l'ongle de son index, Jonathan dévorait les dernières pages de *Moonfleet*.

1. *Op. cit.*, p. 229.

Au bout de quelques lignes à peine, la magie avait de nouveau opéré et il avait basculé dans l'histoire, immédiatement avalé par le récit. Devenu sourd et aveugle à tout ce qui l'entourait, il se cramponnait au livre comme John aux cordages, tandis que les lames arrivant du large venaient se briser à grand fracas autour de lui, menaçant de l'emporter à chaque instant. Le vent hurlait dans les haubans. Drossé sur les rochers, le navire oscillait dangereusement. Et là, sur la grève, à quelques mètres seulement, un groupe confus de pêcheurs courait vers lui, prêt à attraper John et son ami Elzevir si par miracle ils parvenaient à franchir le bouillonnement furieux qui les séparait d'eux. Les pêcheurs s'étaient avancés autant qu'il était possible, tenant une corde qu'ils se préparaient à leur lancer. Le seul moyen de sortir de cet enfer était de se jeter à l'eau entre deux vagues, de sauter et de monter le plus haut possible sur les galets pour tenter de saisir la corde. Lorsque Elzevir cria « C'est le moment ou jamais ! », Jonathan crispa son poing contre ses lèvres et bondit avec eux, pataugeant dans l'écume glacée pour se hisser le plus loin possible en direction de la corde salvatrice.

Devant eux, une file d'hommes attachés les uns aux autres s'époumonaient pour les encourager. Derrière, un coup de tonnerre éclata, les avertissant qu'une nouvelle montagne d'eau s'enflait dans leur dos. Elle arriva en grondant et les emporta comme des coquilles de noix, les roulant dans son ventre en furie avant de commencer à refluer avec un bruit d'aspiration terrifiant. Bloquant sa respiration, les poumons prêts à éclater, Nat vit avec horreur la silhouette du jeune John Trenchard être emportée vers le fond. Jonathan se débattit furieusement contre le courant, tendant désespérément une main vers le corps qui s'éloignait. C'est alors qu'il sentit qu'on l'empoignait fermement pour le tirer hors des flots. Il tenta de se dégager. Il voulait à tout prix retourner vers le large, arracher le garçon aux mâchoires de la mort, il le fallait, il le fallait !... Mais des mains puissantes le tirèrent en arrière. Un hurlement s'étrangla dans sa gorge brûlée par l'eau salée, il entrevit la lueur d'un feu quelque part au loin puis, brusquement, ses forces l'abandonnèrent et il s'écroula sur les galets.

Moonfleet tomba sur le tapis.

La tête de Jonathan roula contre le dossier du fauteuil en cuir, son bras glissa et sa main alla cogner le sol. Une douleur fulgurante lui paralysait la poitrine, l'empêchant de respirer. C'était comme si sa cage thoracique s'était transformée en gangue de béton. Il lui était absolument impossible de la dilater pour inspirer.

Il ouvrit la bouche et essaya d'y faire entrer un peu d'air, mais sa gorge était bloquée elle aussi. Paniqué, il se mit à remuer bras et jambes comme un jeune chiot qu'on aurait jeté à l'eau. Rassemblant ses forces dans une ultime tentative, il balança ses jambes sur le côté et parvint à se redresser. Il eut alors l'impression de recevoir un coup de poing dans l'estomac, au niveau du plexus, qui le fit se plier en deux, les larmes aux yeux. Puis quelque chose céda au fond de son ventre, comme un barrage explosant sous la pression d'une crue trop forte. L'étau qui lui enserrait la poitrine vola en éclats et l'air déferla dans ses poumons, lui arrachant une série de cris rauques à chaque inspiration.

–Jonathan?... Jonathan! Qu'est-ce que tu as? Qu'est-ce qui se passe?!!

Alertée par ses cris, Katherin s'était précipitée hors de la cuisine, où elle était en train de travailler. Agenouillée près de lui, elle regardait avec effroi ses yeux exorbités, ses joues marbrées de grandes plaques rouges. Elle lui prit la main.

–Respire lentement... Voilà... Tout doucement... Ne prends pas trop d'air à la fois... Comme ça... C'est bien... Tranquillement...

Chaque fois qu'il ouvrait la bouche, tout son corps se soulevait et une longue plainte aspirée s'échappait de sa gorge, tel un souffle de phoque. Jonathan tourna doucement son visage vers Katherin et posa sur elle un regard empreint d'une telle détresse qu'elle en fut bouleversée. Elle sentit qu'il avait envie de lui dire quelque chose.

– N'essaie pas de parler pour l'instant. Respire tranquillement. Ça va aller, mon grand. Je suis là. Je ne te lâche pas. Ça va aller... lui murmura-t-elle avec un sourire rassurant.

Il serra sa main plus fort.

Le regard de Katherin fit le tour de la pièce, interrogeant les murs avec inquiétude. Se pouvait-il qu'il y ait réellement dans les pierres de *Cotte House* quelque force sombre qui s'emparait des sensibilités les plus fragiles ? Des gens étaient morts ici, d'autres avaient perdu la raison ou s'étaient trouvés dépossédés de toute joie de vivre. Comment expliquer cette répétition troublante ? De prime abord, elle avait refusé de lui accorder la moindre signification, mais elle avait elle-même ressenti à deux reprises un accès de mélancolie inexpliqué, une profonde angoisse qui l'avait envahie sans raison apparente. Et puis, il y avait ces cauchemars, qui revenaient de plus en plus souvent et s'accompagnaient à présent de violents maux de tête au réveil. Et voilà qu'à son tour Jonathan...

Elle reporta son attention sur lui. Sa respiration commençait à se calmer et son souffle était presque redevenu silencieux. Elle lâcha sa main.

–Ne bouge pas, je reviens tout de suite.

Il l'entendit grimper en hâte à l'étage, puis redescendre en courant. Elle avait à la main un gant de toilette imbibé d'eau fraîche qu'elle posa sur son front brûlant.

–Ça va te faire du bien... dit-elle en caressant sa joue du dos de la main.

–Merci... murmura-t-il avec un sourire reconnaissant.

–Je pense que tu serais mieux sur le divan du salon rouge. Tu crois que tu peux te lever?

Il hocha la tête et se mit lentement debout. Ses jambes tremblaient légèrement. Il se sentait épuisé. Elle prit son bras et le passa par-dessus ses propres épaules pour le soutenir. Ils gagnèrent le salon rouge baigné de la chaude lumière de l'après-midi et Jonathan s'étendit sur le canapé où ils s'étaient assis avec Louise, la première fois qu'ils étaient venus à *Cotte House*. Il tressaillit lorsque Katherin lui demanda:

–Qu'est-ce qui t'est arrivé, mon poussin?

Son regard plongea dans le bleu profond des yeux attentifs posés sur lui et il se sentit mieux. En sécurité. Apaisé.

–Je ne sais pas. Peut-être un coup de chaleur...

–Tu as assez bu aujourd'hui? Il fait une chaleur épouvantable, je crois qu'on va vers une période de canicule. Je vais te chercher un verre d'eau...

Il l'avala d'une traite, réalisant qu'il était assoiffé.

–Ton médecin à Cotteville, qui est-ce?

–Le docteur Bauer...

–Il n'est pas parti en vacances?

–Non, mais...

–Je vais l'appeler et lui demander de passer.

–Non! Ce n'est pas la peine... Je vais bien... Je t'assure.

Elle fronça les sourcils, dubitative.

–Ça t'est déjà arrivé, ce genre de chose?

–Je ne crois pas... Ou alors, si... une fois, il y a longtemps. J'étais petit...

–Je préférerais que tu voies un médecin.

–Écoute, je vais me reposer... Si ça ne va pas mieux, on lui dira de venir, okay?... Je t'assure que ça va...

–Bien... Comme tu veux. Mais alors, repos total! Promis?

–Promis... Et toi, ton bouquin, ça avance?

Un fin sourire éclaira le visage de Katherin.

–Ça frémit...

Nat se redressa, s'appuyant sur un coude.

–C'est vrai?!!

– Mouais... Je crois que je tiens quelque chose. On va voir ce que ça donne dans les jours qui viennent. Quoi qu'il en soit, je n'aurai rien à te dicter avant trois ou quatre jours, alors profites-en pour te reposer.

– Ça marche... Retourne vite dans ta cuisine... J'ai hâte de savoir ce que ton carnet noir a dans le ventre...

Katherin se leva, examina Nat avec attention et parut rassurée.

– Bon, j'y retourne. Je laisse la porte de la cuisine ouverte, d'accord ?

– T'en fais pas. Si ça ne va pas, je crie...

7

Je m'appelle Jonathan.

Admettons.

Je n'en suis pas certain.

Après tout, qui sait ?

Personne ne sait. Même pas moi, qui suis pourtant le premier concerné.

Il est possible que mon vrai nom soit Nathanaël.

Il est possible que tout le monde se soit trompé.

Depuis douze ans, bientôt treize.

Comment être sûr ?

Ma vie a basculé un jour de juillet. Il a suffi d'une vague. Soudaine. Plus grosse que les autres. Provoquée par un hors-bord qui a mis les gaz trop près de la plage. Beaucoup trop près.

Paul nous avait installés tout au bord, là où il n'y avait que quelques centimètres d'eau. Il jouait avec nous, à genoux dans l'eau, repoussant à deux mains le canot jaune dont les boudins gonflés brillaient au soleil. Le dos aux vagues, nous poussions des cris de joie teintés de frayeur chaque fois que nous sentions le bateau se soulever. Paul tirait alors la corde qu'il n'avait pas lâchée et il nous ramenait sur le sable. Nous riions aux éclats. « Encore !... Encore, papa !... »

Et puis, Nathanaël a aperçu le marchand de glaces, son lourd panier plein de promesses en bandoulière. Il a tendu le doigt vers lui. Il n'a même pas eu besoin de réclamer. Paul a dit « Bon, d'accord », et il a tiré le canot vers la plage. « Vous m'attendez sagement, j'arrive tout de suite. » Il a couru vers le marchand, jetant régulièrement des coups d'œil vers nous. Je lui ai fait coucou avec la main. Mon frère a fait pareil. Nous restions assis dans le bateau immobile, les yeux fixés sur notre père. Debout derrière une grosse dame, il attendait son tour.

– Moi, j'en veux une au chocolat.

– Moi aussi.

Normal, on faisait toujours tout pareil. Comme ça depuis cinq ans. Depuis qu'on avait décidé de s'installer ensemble dans le ventre de notre mère. Jonathan et Nathanaël, Nathanaël et Jonathan. Où commençait l'un, où finissait l'autre? Je ne l'ai jamais bien su. Cela n'avait aucune importance. On était deux, on était un, les gens ne nous reconnaissaient pas, se trompaient toujours, ça nous faisait rire. À un moment, j'ai dit:

– C'est pas marrant, ça ne bouge plus.

On avait très chaud. On a regardé vers la plage. C'était enfin le tour de Paul. Il parlait avec le marchand de glaces.

Je me suis levé et je suis sorti du canot. J'ai dit:

– Viens, on le pousse un peu.

– Tu crois?

On n'a pas eu besoin. La marée montait. Une vague est venue nous chercher. Le bateau a glissé doucement en arrière. Je suis remonté dedans en riant. Mon frère n'était pas tranquille.

– Ça bouge...

– Oui. Un peu.

Il y a eu une autre vague et on a senti que le fond du bateau se décollait du sable. J'ai mis la main dans l'eau.

– Viens, on rame.

Assis à côté de moi, mon frère m'a imité. Avec nos petites mains, on repoussait l'eau de toutes nos forces. Le bateau a commencé à reculer. Maintenant, on n'était plus très près du bord.

– Regarde, il y a papa qui revient.

Sur le sable brûlant, Paul a commencé à courir vers nous. J'ai crié en riant :

– Regarde, papa, on rame !...

Paul s'est mis à nous appeler en faisant de grands gestes.

– Tu as vu ? Il est fier de nous.

On a ramé de plus belle. Et puis, tout à coup, le canot s'est mis à tanguer. Au début, ça nous a fait rire, et puis, ça a remué de plus en plus fort. On s'est arrêtés net et on s'est accrochés aux bords glissants en plastique jaune.

– C'est quoi qui fait ça ?

– Je sais pas...

– On rentre ?

– Oui.

Je me suis retourné. Et là, j'ai ouvert la bouche, terrifié. Une grosse vague venait vers nous. Plus elle s'approchait, plus elle enflait. Elle nous a pris de côté. Le bateau s'est soulevé. Mon frère a roulé sur moi en hurlant et nous avons tous les deux été précipités à l'eau. J'ai entendu mon père crier, j'ai vu les jambes et les bras de mon frère qui s'agitaient, je faisais pareil, j'ai toujours tout fait pareil que lui, et tout à coup, j'ai senti que mon talon cognait quelque chose, j'ai regardé, c'était la tête de mon frère, je venais de lui donner un coup de pied sans le vouloir, j'ai ouvert la bouche, l'eau est entrée.

J'ai fermé les yeux, j'ai su que j'allais mourir.

Et puis non. Du moins pas encore.

Deux mains m'ont attrapé sous les bras et m'ont projeté vers le ciel. Dès que j'ai été hors de l'eau, j'ai ouvert la bouche pour aspirer l'air, je n'ai pas pu. Quelqu'un m'a porté, il courait, il m'a déposé sur le sable. On m'a appuyé très fort sur la poitrine, j'ai craché de l'eau, j'ai toussé, ma gorge me brûlait. Quand j'ai recommencé à respirer, ça a fait un bruit terrible.

À côté de moi sur le sol, j'ai vu mon frère. Il était allongé sur le dos. Un homme que je ne connaissais pas était agenouillé au-dessus de lui, les bras tendus. Ses deux mains posées à plat l'une sur l'autre pompaient sur sa cage thoracique. Mon frère ne bougeait pas, ses yeux étaient fermés, ses cheveux collés sur son visage étaient pleins de sable. Au bout d'un moment, l'homme s'est arrêté. Il a regardé mon père et il a dit « Je suis désolé monsieur. C'est fini. »

Paul est tombé à genoux à côté de nous. Il a pris sa tête dans ses mains et il a poussé un cri terrible. Un long cri d'animal blessé à mort. Un cri de loup.

Lentement, sans faire de bruit, mon bras a glissé sur le sable. Ma main a trouvé celle de mon frère. Je l'ai prise doucement. Elle était fraîche et douce. J'ai ouvert les yeux sur le ciel, le grand bleu du ciel d'été où le soleil continuait à sourire. Il m'éblouissait, mais j'ai gardé les yeux ouverts jusqu'à ce que les larmes se mettent à couler, brûlantes, de chaque côté de mon visage, qu'elles tombent et s'enfoncent dans le sable, descendent vers la grève et disparaissent dans la mer.

Car déjà je savais que toute l'eau de l'océan ne me suffirait pas pour pleurer la mort de mon frère.

Sur le fond blanc de la page d'écran, le tiret vertical du curseur clignote avec obstination. Jonathan déplace la flèche jusqu'à l'icône figurant une imprimante. Il clique.

La machine se met en route et crache en ronronnant trois feuillets qu'il arrache de sa gueule sans les regarder. Il les pose sur le bord du secrétaire, face cachée.

Il ferme ensuite le document.

Un message s'affiche : *Voulez-vous enregistrer ?*

Il clique sur « non » et le document disparaît.

Jonathan éteint l'ordinateur et reste assis devant l'écran vide, immobile, le regard perdu, les yeux brûlants.

Le visage ruisselant de larmes.

Cela fait douze ans qu'il n'a pas pleuré.

8

Lorsqu'elle sortit de sa chambre un peu avant huit heures, Katherin eut la surprise de trouver Jonathan sur le palier du premier étage, debout devant les tableaux de marines, l'air très absorbé.

– Déjà levé ! lança-t-elle. Comment tu te sens aujourd'hui ?

– Ça baigne...

Il tourna la tête vers elle en souriant.

– J'adore ces peintures. Surtout celle-ci, ajouta-t-il en désignant la scène de pêche à la baleine.

Katherin se posta devant le tableau à côté de lui et l'observa attentivement.

– Tu as raison, elle est incroyable... Tu as vu le regard du cachalot? Un vrai Moby Dick !

Nat sentit son cœur faire un bond.

– Tu l'as lu !!

– Quatre fois. À chaque étape importante de ma vie, je le reprends.

– Génial... murmura Jonathan.

– Tu l'as dit. Melville était un grand bonhomme.

– C'est mon livre culte ! dit Nat, les yeux brillants.

– Tu sais ce que j'aime chez le capitaine Achab ? C'est un grand cinglé. Non seulement il va jusqu'au bout de sa folie, mais il réussit à y entraîner tout le monde. Il est très fort...

– C'est vrai... fit Jonathan, songeur. Dis-moi, tu l'imagines comment ? Je veux dire, physiquement...

– Achab ? J'ai du mal à le voir autrement qu'avec la gueule de Gregory Peck, à cause du film. Je veux parler de la première adaptation de *Moby Dick* au cinéma, un grand moment ! J'étais gamine, mais ça m'a marquée. Et toi ?

– Pour moi, il a un visage taillé à coups de serpe, des cheveux roux, des yeux gris ou verts qui te transpercent quand ils se posent sur toi. Des yeux à la fois intelligents et inquiétants...

– Un vrai regard de fou, quoi !

– Oui, c'est ça... Ou plutôt le regard de quelqu'un qui est encore au bord de la folie, juste à la lisière, et qui ne va pas tarder à sombrer... Tu vois ce que je veux dire?

–Tout à fait! C'est ce que j'aperçois chaque matin quand je me regarde dans la glace, répondit Katherin.

–Tu es bête!...

Ils descendirent l'escalier et, comme chaque matin, Katherin alla ouvrir en grand la porte de la maison pour faire entrer la fraîcheur matinale. Une bouffée d'air chaud et épais s'engouffra dans le corridor. Katherin sortit pour aller regarder le thermomètre qui se trouvait sous l'auvent de la terrasse.

–Il fait déjà trente-six degrés! annonça-t-elle.

Elle regarda le ciel, il n'y avait pas un nuage.

–On ferait mieux de laisser fermer, il fait plus frais à l'intérieur, dit-elle en repoussant la porte blanche.

Ils firent le tour des pièces du rez-de-chaussée, n'ouvrant largement les persiennes que dans celles qui étaient orientées au nord. Jonathan s'arrangea pour que ce soit Katherin qui s'occupe de la salle à manger. Elle se contenta d'en ouvrir les fenêtres, laissant les persiennes closes. Ils se rejoignirent dans le corridor.

–Je n'aime pas cette pièce! fit Katherin en grimaçant.

–Ah bon?

–Non. Je ne sais pas pourquoi, elle me met mal à l'aise. Ce sont peut-être ces murs peints en gris...

Et puis toutes ces chaises et cette grande table vide, je trouve ça sinistre.

–Tu as vu le portrait d'Herman Cotte?

–C'est la seule belle chose qu'il y ait dans cette salle. Il faudrait mettre ce tableau ailleurs, c'est dommage qu'il soit enfermé là-dedans. On pourrait peut-être le déménager...

–Tu crois? fit Jonathan, sceptique.

–Je vais y songer.

Ils prirent un petit déjeuner léger dans la pénombre moite de la cuisine, puis Katherin annonça qu'elle allait se remettre au travail.

–Je monte chercher mon carnet noir...

Tandis que Jonathan finissait tranquillement son café en rêvassant, elle gagna le premier étage et récupéra son carnet, ainsi que les trois feuillets qu'elle avait eu la surprise de trouver la veille au soir au bord du secrétaire. Redescendant aussitôt, elle se hâta d'aller les remettre en place dans le salon rouge, puis elle rejoignit Nat et s'installa à une extrémité de la table de la cuisine.

–Pas de courrier ce matin? l'interrogea Jonathan.

–Rien d'urgent. On verra ça plus tard. Repose-toi.

–Bon...

–Tu vas bouquiner dans la bibliothèque? Tu seras bien, c'est la pièce la plus fraîche.

– Mmmm... je ne sais pas trop. Travaille bien !

Jonathan sortit et fit quelques pas sur la terrasse inondée de lumière blanche, aveuglante. Il avait dans l'idée de faire un tour dans le parc.

Jetant un regard par la fenêtre, Katherin aperçut un ciel uniformément bleu qui lui fit penser à la mer. Elle avait lu sans hésiter les pages écrites par Jonathan et, bien qu'ayant conscience d'avoir commis une indiscrétion, elle n'en éprouvait aucun remords. Elle comprenait mieux ce qui oppressait le jeune homme au point de le faire suffoquer. À présent, elle connaissait son secret. Un terrible secret qui l'étouffait mais qui, s'il apprenait à l'utiliser, pourrait le rendre incroyablement fort. Katherin sourit imperceptiblement. Elle savait maintenant que Jo était de la même race qu'elle, même s'il l'ignorait encore. C'était sans doute pour cela qu'il lui avait plu tout de suite. Ils appartenaient tous les deux à la même espèce, au même clan : celui des guerriers. Car seul celui qui a surmonté la douleur de perdre quelqu'un qu'il aimait, quelqu'un de son sang, peut devenir invincible...

Sous les pieds nus de Jonathan, les dalles étaient déjà si brûlantes qu'il dut marcher sur les talons. Les arbres qui bordaient la maison n'apportaient aucune fraîcheur. Pas un souffle d'air n'agitait leurs branches. Nat rebroussa chemin et regagna la pénombre apaisante de la maison. Il grimpa jusqu'à sa chambre, fouilla dans ses affaires jusqu'à ce qu'il mette la main sur ce qu'il cherchait : son matériel de dessin. Muni de son carnet de croquis et de ses fusains, il redescendit et opta pour le salon rouge, car c'était la pièce la mieux éclairée.

Le fait de s'asseoir de nouveau devant le secrétaire le ramena instantanément quelques heures en arrière. Ce qui s'était passé la veille était étrange. Lui qui n'avait jamais rien écrit de sa vie... Il posa la main sur les trois feuillets, les retourna, mais n'eut pas la force de les relire. Il les plia en quatre, les glissa dans sa poche et décida de ne plus y penser. Il saisit l'ordinateur portable et le déposa sur le tapis à côté de l'imprimante, ouvrit son carnet de croquis et sa boîte de fusains, puis se mit au travail.

–J'ai pensé que ça te ferait du bien... dit Katherin en lui tendant une canette de soda couverte de minuscules gouttelettes glacées.

–Génial ! Merci. Il est quelle heure ?

–Bientôt treize heures. Tu as faim ?

–Bof, juste un peu.

–J'ai préparé une salade. Avec cette chaleur, je me suis dit qu'on aurait surtout envie de manger des glaces. Heureusement qu'il y en a plein en bas.

– Bien vu. Tu as bien bossé ?

– Pas mal, fit Katherin en souriant. Et toi ? Je peux voir ce que tu fais ?

Nat lui tendit son carnet et elle tourna lentement les pages, regardant attentivement chaque dessin.

– C'est magnifique... murmura-t-elle. Tu as un talent fou !

– N'exagérons rien...

– Je ne dis pas ça pour te faire plaisir, je le pense réellement ! protesta Katherin. Tu as un vrai style, très personnel, une vraie « patte », comme on dit. Toutes ces créatures fantastiques forment un véritable univers très cohérent. Il faut absolument qu'un professionnel voie ça... J'aime particulièrement ce dragon...

– C'est mon petit dernier, Fafnir.

– Le dragon tué par Siegfried ?

Jonathan fut ravi de voir qu'elle connaissait.

– Exact. Il faut encore que je le travaille. Tu vois, la difficulté, c'est de montrer que le point faible de Fafnir, c'est son ventre mou. Siegfried le sait. C'est pour ça qu'il commence par creuser une tranchée, pour pouvoir se glisser sous le ventre du dragon et le transpercer à l'aide de son épée...

– Balmung. L'épée magique des Nibelungen...

– Oui. Quand je tiendrai Fafnir, je m'attaquerai à Siegfried, mais c'est un sacré morceau.

–Tu y arriveras.

–Tu crois?

–Non, j'en suis certaine. Écoute, Jo, il y a longtemps que je n'ai pas rencontré quelqu'un d'aussi doué que toi, alors tu sais ce qu'on va faire? Je vais appeler mon frère et l'inviter à dîner le plus rapidement possible! Il faut absolument que tu lui montres ton travail.

–Mais...

–Pas de «mais»! Tu ne vas pas me dire que ça ne t'intéresse pas d'avoir l'avis d'un professionnel!

–Non, bien sûr...

–Alors on fonce!

Katherin quitta le salon et se rua aussitôt sur le téléphone.

9

Sans le savoir, ils avaient profité de la dernière matinée à peu près fraîche pour déménager le portrait d'Herman Cotte. Prise d'une impulsion subite, Katherin avait embauché Jonathan et, juchés chacun sur une des chaises de la salle à manger, ils n'avaient pas été trop de deux pour décrocher le tableau et le porter jusqu'au corridor de l'entrée. Là, sous les ordres d'une Katherin excitée comme une puce, Nat avait ôté du mur une fade toile représentant un paysage de campagne et l'avait remplacée par le portrait qui fixait sur lui un regard terrible, l'obligeant à détourner le regard.

–Tu es sûre qu'il est bien, là? avait-il demandé, mal à l'aise.

– Absolument sûre ! C'est indiscutablement *sa* place ! Tu n'as qu'à mettre cette toile dans la salle à manger, dit-elle.

Son ton était sans réplique.

À contrecœur, Jonathan s'exécuta. Hissé sur la pointe des pieds, les deux bras tendus pour accrocher le paysage au-dessus du buffet de la salle à manger, il entendit soudain dans son dos un son à la fois aigu et étouffé. Toujours arc-bouté contre le mur, il tourna vivement la tête, mais ne vit rien. Il était seul dans la pièce. C'est alors qu'il sentit la chaise sur laquelle il était monté déraper sur le carrelage et glisser vers l'arrière. Dans un geste réflexe, il lâcha la toile pour s'agripper au dossier. Le tableau tomba sur le buffet, rebondit sur sa plaque de marbre et bondit en l'air avant de se précipiter sur le sol dans un fracas épouvantable. Consterné par sa maladresse, Nat descendit précipitamment de la chaise et alla mesurer l'ampleur des dégâts. Le cadre avait littéralement explosé dans la chute. En revanche, la toile ne semblait pas endommagée. Il soupira, ramassa le tout et le posa délicatement sur la table.

– Joooooo ! Tout va bien ? cria Katherin depuis le corridor.

– Oui, oui ! J'arrive...

Jonathan sortit de la salle à manger en maugréant.

–J'ai fait tomber le tableau, le cadre est cassé.

Plantée devant le portrait d'Herman Cotte, Katherin le contemplait avec satisfaction.

–Ne t'en fais pas pour ça, c'était une vraie croûte. Celui-là, par contre, c'est quelque chose !

Elle ajouta en riant :

–Et tu sais quoi ? Il ressemble trait pour trait à ta vision d'Achab, c'est incroyable, tu ne trouves pas ?

–Mmmm, mmmm... fit Jonathan en regardant délibérément ailleurs. Et le machin blanc derrière lui, c'est Moby Dick. Bon ! On se fait une citronnade ? Je crève de soif...

Depuis trois jours, la température n'avait pas cessé de monter. Même les nuits étaient devenues étouffantes et l'on avait beau ouvrir toutes les fenêtres de la maison, cela ne produisait pas le moindre courant d'air. Dans la journée, *Cotte House* somnolait sous un ciel de craie, les dalles de la terrasse cuisaient dans un silence que seul venait troubler, çà et là, le passage furtif d'un lézard cherchant l'ombre d'une fente entre deux pierres. Écrasés de chaleur, Katherin et Jonathan prenaient quatre douches par jour et économisaient leurs gestes. Les heures s'étiraient, le temps aussi se ménageait. Jonathan dessinait, Katherin écrivait, mangeant peu, buvant beaucoup. Sans doute en raison de la température excessive, son visage s'était creusé et ses maux de tête se multipliaient. Depuis plusieurs jours, ses traits étaient tirés et des cernes sombres étaient apparus sous ses yeux. De temps en temps, elle se levait et scrutait le ciel, guettant désespérément l'orage.

– Quand est-ce que ça va se décider à péter ? répétait-elle.

Vers la fin d'un après-midi, après une sieste plus longue qu'à l'accoutumée, elle vint chercher Jonathan qui comatait sur le divan du salon rouge.

– Tu me donnes un coup de main pour préparer le dîner ? Roch a dit qu'il arriverait vers huit heures.

Lorsque la sonnerie de l'interphone bourdonna quelques heures plus tard, le ciel avait pris une étrange teinte gris-jaune qui le faisait paraître plus bas.

Loin de s'être rafraîchi, l'air était devenu huileux et la lumière était toujours aussi aveuglante.

– Joooooo... tu peux aller ouvrir ? cria Katherin depuis la salle de bains du premier.

Elle descendit une minute plus tard, visiblement reposée et souriante. Elle avait relevé ses cheveux en un chignon fait à la diable d'où s'échappaient de petites mèches rebelles et elle avait passé une ravissante robe de coton clair fermée par une rangée de boutons du même bleu que ses yeux.

–Tu es... tu es très belle... dit Jonathan qui eut soudain honte de son short en jean et de son tee-shirt douteux.

–Merci ! Tu es un ange...

Un énorme 4×4 noir couvert de poussière ocre bondit alors en rugissant sur le gravier et dérapa légèrement en freinant devant la maison, soulevant un nuage blanchâtre. Un homme d'environ trente-cinq ans en jaillit, en bras de chemise, le visage luisant de sueur.

–Mais tu es magnifique ! s'exclama-t-il en ouvrant les bras.

Il serra Katherin contre lui. Légèrement crispée, elle se contenta de lui faire une bise rapide.

–Je te présente Jonathan...

L'homme se tourna vers Nat et le dévisagea avec un sourire ironique.

–Tu les prends de plus en plus jeunes...

–Jo travaille pour moi, Roch... Il remplace Marilyn, fit Katherin avec raideur.

–Hé ! te vexe pas, petite sœur. Tu connais mon humour de nase... Ravi de te connaître, Jo !

Il serra vigoureusement la main de Jonathan, qui s'essuya ensuite discrètement sur son short. Il détestait les gens aux mains moites.

–Rentrons, il fait un peu moins chaud à l'intérieur, dit Katherin.

–Quel temps ! Une vraie canicule ! Ils ont dit qu'on en avait encore pour une semaine, annonça Roch en s'épongeant le front avec un mouchoir. Y a pas de piscine ici ?

–Non.

–Dommage ! J'avais apporté mon maillot, dit-il en adressant un clin d'œil à Nat. Je pensais que vous aviez un peu plus d'air là-haut, mais on étouffe autant qu'en bas. Alors c'est ça, *Cotte House*...

Ils pénétrèrent dans le corridor. Roch regardait tout autour de lui avec la curiosité d'un acheteur éventuel. Il émit un sifflement admiratif.

–Sacrée baraque, tout de même !

–Tu veux visiter ? demanda Katherin.

–Un peu, oui !! Dis donc, c'est qui, là, sur le tableau ?

–L'homme qui a construit la maison. Je l'ai surnommé Achab, tu ne trouves pas que ça lui va bien ?

Dans la pénombre du couloir, Herman Cotte braquait sur eux un regard d'épervier. Ses yeux brillaient comme s'ils étaient animés d'une lumière intérieure. D'où il était, Nat avait la sensation que l'homme aux cheveux roux regardait Roch intensément. Ce tableau était décidément bizarre. Mais n'était-ce pas justement à la qualité du regard d'un personnage que l'on reconnaissait le vrai talent du peintre ?

–Alors, tu me fais visiter? demanda Roch à sa sœur.

–Allons-y!

Jonathan fit un petit signe à Katherin et il retourna dans le salon rouge. Il jugeait préférable de les laisser tous les deux, afin qu'ils puissent commencer à renouer tranquillement. D'autant qu'il lui semblait que Katherin était un peu tendue. Elle pilota son frère jusqu'à l'office, puis Jonathan les entendit descendre à la cave. Il sourit. Il n'avait aucun mal à imaginer Katherin vantant à nouveau les mérites de la chambre froide et il se dit que, par cette température, c'était sans doute l'endroit le plus agréable de la maison!

Ils remontèrent un quart d'heure plus tard et Katherin montra à son frère les différentes pièces du rez-de-chaussée.

–On terminera par le salon, c'est là qu'on prendra l'apéro, lança-t-elle sur un ton qui se voulait enjoué.

Nat se dit que c'était une maligne et il se remit à son travail. Cette fois, il était presque totalement satisfait. Il tenait son Fafnir et le savait.

Roch voulut faire le tour complet de *Cotte House* et Katherin se prit au jeu avec autant de plaisir que si la maison lui avait appartenu. Il s'écoula presque trois quarts d'heure avant qu'ils ne rejoignent Jonathan.

–Tout ça m'a donné soif! Qu'est-ce que tu nous proposes? demanda Roch en s'affalant sur le divan grenat.

–Surprise... répondit Katherin avant de disparaître dans la cuisine.

Elle revint avec une bouteille de champagne plongée dans un seau à glace.

–Splendide ! commenta Roch. Qu'est-ce qu'on fête ? Nos retrouvailles ?

–Par exemple... fit Katherin en plissant légèrement les yeux.

Le temps d'un éclair, Nat lut sur son visage une expression étrange, qu'il ne lui connaissait pas.

–Bon alors, qu'est-ce que tu deviens ? demanda Roch. Apparemment, tes bouquins marchent toujours aussi bien !

–Je ne me plains pas...

–Tu as un exemplaire du plus récent ? Je n'ai pas encore eu le temps de l'acheter, excuse-moi...

Katherin se leva et alla ouvrir un des tiroirs du secrétaire.

–Tu as de la chance, c'est le dernier, mentit-elle.

Jonathan savait qu'il y en avait au moins une dizaine dans le meuble en acajou.

–*La Nuit du loup*... Sacré titre ! Encore un thriller ?

–Oui. Tu veux bien ouvrir le champagne, s'il te plaît ?

–Bien sûr ! Tu aurais un torchon ?

Nat partit en chercher un à la cuisine.

–Et toi, le boulot? demanda Katherin.

–Je ne me plains pas non plus. J'ai eu une promo, il y a quelques mois. Maintenant, je supervise toute la conception graphique...

–D'où le 4×4 tout neuf! dit Katherin en riant.

–Absolument! Tu veux l'essayer?

–Oh, non! tu sais, les voitures, c'est pas trop mon truc. Ah! voilà ton torchon. Merci, Jo...

PAN! La détonation claqua comme un coup de feu et le bouchon fusa à travers la pièce.

–Vos verres, vite! cria Roch, tenant la bouteille à deux mains tandis que la mousse jaillissait du goulot et commençait à se déverser sur la table basse.

Une fois les trois coupes remplies, ils les levèrent pour trinquer.

–À ton prochain best-seller! fit Roch à l'adresse de sa sœur.

–À nos retrouvailles... répondit-elle.

–Et pour toi, jeune homme, à quoi on boit?

–À sa grande et longue future carrière de dessinateur! clama Katherin.

–Ah bon? dit Roch en se tournant vers Jonathan, l'air soudain intéressé par sa petite personne, à laquelle il n'avait jusque-là guère prêté attention. Tu veux devenir dessinateur ? Et... qu'est-ce que tu fais exactement ?

– Des personnages d'*heroic fantasy*, répondit Nat. J'ai pas mal bossé autour des gobelins et des trolls, en ce moment je suis dans les dragons...

Roch se redressa et avança le buste vers lui, appuyant ses coudes sur ses genoux.

– Tu aurais des choses à me montrer ?

– Oh... je ne veux pas vous embêter avec ça... commença Nat.

Il aurait préféré qu'on s'occupe du cas de son père pour commencer, cela lui paraissait beaucoup plus important. Mais Katherin lui lança un regard impérieux et il s'inclina. Il alla chercher son carnet de croquis et le tendit à Roch, qui le feuilleta rapidement.

– Eh bien... eh bien... mais ça me paraît pas mal du tout...

Il s'interrompit pour prendre son mouchoir dans sa poche et s'éponger le front.

– Il fait vraiment une chaleur insupportable ! Vous ne croyez pas qu'on serait mieux dehors ? demanda-t-il en regardant par la fenêtre.

Son visage était congestionné et la sueur perlait à la racine de ses cheveux, dégoulinant le long de ses tempes.

– On avait prévu de dîner sur la terrasse, on peut y aller tout de suite si tu veux... répondit Katherin. Prends le champagne, Jo et moi, on s'occupe du reste.

La lumière du jour avait baissé. Le ciel était à présent d'un gris plombé. De lourds nuages aux reflets violets montaient lentement de l'ouest. Il ne faisait pas vraiment plus frais à l'extérieur, mais on respirait mieux. Roch se laissa tomber sur une chaise avec un « Aaaaa aaah !... » de soulagement. Dans la cuisine, Jonathan rassembla de quoi dresser le couvert, tandis que Katherin rallumait le feu sous la cocotte où mijotait un lapin en sauce.

– Je n'aurais pas dû lui montrer mes dessins, chuchota Nat. Il les a à peine regardés !

– Mais non ! Il fait toujours ça... Il a tellement l'habitude qu'il repère beaucoup de choses en un clin d'œil.

Jonathan haussa les épaules.

– Je prends l'entrée dans le frigo ?

– Oui, on va commencer tout de suite.

Lorsqu'ils furent réunis autour de la table en fer recouverte d'une nappe blanche, Katherin se pencha vers son frère et demanda avec enthousiasme :

– Alors, qu'est-ce que tu en penses ? C'est bien, non ?

Roch eut d'abord l'air de ne pas comprendre de quoi elle lui parlait, puis, comme elle lui désignait du menton le carnet de croquis de Jonathan, il le reprit en main et le feuilleta encore plus rapidement que la première fois.

– Ah... oui, c'est pas mal. Assez prometteur... Tu as quel âge, mon garçon ? demanda-t-il à Nat sans le regarder.

– Bientôt dix-huit ans... fit celui-ci entre ses dents.

– Oui, c'est bien ce que je pensais. Il va falloir encore beaucoup travailler...

– Mais tu plaisantes ! s'exclama Katherin. Je trouve que son travail est déjà remarquablement abouti pour son âge !

– Si tu veux, mais il ne sera vraiment mûr que dans une dizaine d'années à peu près. Le talent est une longue patience, dis-toi bien ça ! Alors continue à travailler. Tout cela est très honnête, mais si tu veux mon avis – et malgré la température actuelle –, ça manque de sueur !

Roch partit d'un grand éclat de rire.

Katherin et Jonathan échangèrent un regard consterné, puis Nat se leva brusquement, arracha son carnet des mains de Roch et quitta la table, fou de rage.

10

Il ne trouva la force de quitter sa chambre que parce qu'il ne voulait pas gâcher la soirée de Katherin. Mais il s'en voulait à mort d'avoir cédé à la tentation. Il n'aurait jamais dû montrer son travail à ce sale type, non, jamais !

– On t'a attendu avant d'attaquer le lapin... dit Katherin en soulevant le couvercle de la cocotte qui trônait au milieu de la table.

Jonathan s'assit en silence et Roch lui sourit. Visiblement, sa sœur lui avait fait la leçon, car il fut charmant durant tout le reste de la soirée et ne dit plus rien qui pût blesser Nat.

Le vent s'était levé, apportant enfin un peu de fraîcheur. Il faisait maintenant presque nuit et on alluma des bougies. Au loin, du côté de l'ouest, le ciel de plus en plus chargé était périodiquement traversé d'éclairs.

– Cette fois, ça va péter, dit Katherin en repoussant son assiette.

– Pas trop tôt, fit Roch en tirant sur sa chemise pour s'éventer.

Il saisit la bouteille de vin et remplit son verre.

– Ah ! y en a plus ! C'est moi qui l'ai finie, ça veut dire que je vais me marier dans l'année ! s'esclaffa-t-il.

« Eh bien, je la plains... » pensa Nat.

Katherin alla aussitôt chercher une nouvelle bouteille. C'était la troisième. Jonathan n'avait bu que de l'eau depuis sa coupe de champagne. Il se méfiait du vin. Il observa Katherin. Elle avait les joues un peu rouges et les yeux brillants, mais semblait avoir l'esprit parfaitement clair. C'était surtout son frère qui avait bu. Elle s'était appliquée à remplir consciencieusement son verre chaque fois qu'il était vide. On entendit soudain un grésillement, suivi d'une musique disco aux sons criards. Roch plongea la main dans la poche de sa chemise et en retira un téléphone portable.

– Ici Franz Bets... dit-il en décrochant.

Jonathan se raidit sur sa chaise.

– Oui, salut... Qu'est-ce qui... Ah ! je m'en doutais...

Roch se leva et s'éloigna de la table. Nat tendit l'oreille.

–Écoute, il va pas nous casser les bonbecs!... On l'a prévenu, il n'avait qu'à faire ce qu'il faut... Mouais... rien à foutre!... Le chantage à la dépression, ça ne prend pas avec moi!...

–Tu m'aides à débarrasser? dit Katherin. Quand il aura fini, on lui parlera de ton père. Je pense qu'il aura envie de se faire pardonner pour tout à l'heure...

Mais Nat la regardait fixement, comme pétrifié.

–Franz Bets... Il a dit *Franz* Bets...

Katherin leva les yeux au ciel.

–Oui, c'est son deuxième prénom. Quand il est entré chez *Telma*, il a décidé de se faire appeler comme ça. Il dit que ça sonne mieux. Il n'y a plus que les gens de sa famille et quelques vieux potes qui continuent à l'appeler Roch. On y va? dit-elle en saisissant la vaisselle sale dont elle avait fait une pile.

Interdit, Nat attrapa le reste et la suivit jusqu'à la cuisine. Sans prévenir, il laissa alors tomber la cocotte sur la table et Katherin sursauta en poussant un petit cri. Elle se retourna vivement.

–Rien de cassé?... Jo?... Qu'est-ce qu'il y a? Tu es sûr que ça va?

Les deux mains agrippées au dossier d'une chaise, Nat s'était mis à trembler des pieds à la tête. Katherin se précipita vers lui.

–Ça recommence?... C'est comme l'autre jour?... Tu veux que j'appelle le médecin?... Jo, réponds-moi à la fin!

Dehors, le tonnerre s'était mis à gronder. Il y eut une bourrasque et l'un des volets de la cuisine se rabattit brusquement avec fracas, arrachant à Katherin un nouveau cri de frayeur.

–Katherin... fit Jonathan à voix basse, Franz est le type qui a fait virer mon père...

–Quoi?!! Tu es sûr de ce que tu dis?...

–Franz est l'espèce d'immonde salopard qui a fait virer mon père!! répéta Jonathan avec fureur.

Il donna un coup de pied dans la chaise et l'envoya valdinguer à l'autre bout de la pièce. Brusquement devenue toute pâle, Katherin s'appuya contre le bord de la table.

–C'est pas vrai... murmura-t-elle. Non, mais c'est pas vrai!...

Un formidable craquement déchira alors le ciel, faisant trembler toute la maison. Katherin sursauta si fort qu'elle porta ses deux mains à sa poitrine pour calmer les battements de son cœur. Ce fut ensuite comme si des dizaines de sacs de sable avaient crevé juste au-dessus d'eux et se déversaient ensemble en un long crépitement régulier.

Poings et mâchoire serrés, Nat regardait droit devant lui.

Roch était apparu dans l'encadrement de la porte. Sa chemise était trempée et ses cheveux dégoulinaient.

–Je crois qu'on va manger le dessert à l'intérieur, dit-il en souriant.

11

Les coups de tonnerre s'enchaînaient, laissant à peine le temps de souffler entre deux. Battue par des torrents de pluie mêlée de grêle, la maison faisait le gros dos. Alentour, le paysage disparaissait sous la mitraille. Chaque fois que la fulgurance d'un éclair traversait le ciel d'encre, l'ombre noire des arbres semblait s'avancer vers *Cotte House*, menaçante et griffue. Les grondements quasi ininterrompus avaient paru s'éloigner un moment, puis s'étaient de nouveau rapprochés. L'orage tournait en rond comme un fauve captif, déchaînant ses forces accumulées au cours des derniers jours avec des rugissements de bête furieuse.

L'averse continue cinglait les carreaux du salon rouge comme une pluie de gravier. Entre deux déflagrations, les lampes qui éclairaient la pièce s'étaient mises elles aussi à retenir leur souffle. L'intensité lumineuse faiblissait brutalement, les ampoules s'éteignaient durant une fraction de seconde puis se rallumaient timidement, dispensant une lumière hésitante.

Recroquevillé dans un fauteuil, Nat se taisait, lançant au profil de Roch des regards assassins. Bien qu'il fût immobile, son être tout entier était la proie d'une grande agitation. Devait-il révéler à cet homme qui il était et lui dire ce qu'il pensait de lui, au risque d'anéantir définitivement toute chance d'arranger la situation de Paul ? Il sentait une telle rage bouillir en lui qu'il n'avait qu'une envie : lui mettre son poing dans la figure. Debout à ses côtés, Katherin n'ignorait rien de sa fureur. Elle posa sur son épaule une main à la fois apaisante et ferme.

– Allez, on s'occupe du dessert !

Comme Nat faisait mine de se lever, elle l'en empêcha, renforçant sa pression.

– *Ne bouge pas...* J'ai prévu des poires Belle-Hélène. Roch, c'est ta spécialité, tu veux bien m'aider à les préparer ?

– C'est parti ! J'espère que tu as du bon chocolat !

– Le meilleur. Ton préféré.

– Génial. De la glace à la vanille ?

– En bas. Tu viens avec moi ?

Ils quittèrent la pièce. Jonathan respira un grand coup pour essayer de se calmer. Katherin avait été visiblement très ébranlée par ce qu'il venait de lui révéler. Pourtant, elle avait très rapidement repris le dessus et n'avait rien laissé paraître. Elle avait certainement dans l'idée de régler l'affaire en tête à tête avec son frère, lui évitant ainsi une scène pénible. Aussi ne s'étonna-t-il pas de ne pas les voir remonter tout de suite. La préparation du dessert était un habile prétexte... Curieuse soirée. Rien ne s'était déroulé comme prévu.

Dehors, l'orage s'obstinait, faisait des feintes. On aurait dit qu'il prenait un malin plaisir à tourner au-dessus de *Cotte House*. Durant de longues minutes, il se calmait, ravalant ses grondements et retenant sa foudre. Puis il se déchaînait de nouveau, faisant claquer ses éclairs comme des coups de fouet, tandis que de brusques rafales projetaient contre les carreaux des pelletées de grêlons ou menaçaient d'arracher les volets. Le vent qui s'engouffrait sous les portes et se faufilait par les fenêtres mal jointes fonçait d'une pièce à l'autre, tirant à la maison de longs mugissements à donner froid dans le dos.

Debout devant une des fenêtres du salon rouge, Nat contemplait le spectacle de cette grande colère, ces paquets de pluie qui s'abattaient comme des déferlantes, lessivant la terrasse qui tanguait sous les éclairs. Arc-boutée contre la tempête, *Cotte House* grinçait, craquait, sifflait, mais tenait bon, bravait la tourmente. À son bord, posté derrière la vitre, tenant la poignée de la fenêtre comme un capitaine la roue de son navire, Jonathan l'encourageait en silence.

Sentant soudain une présence dans son dos, Nat se retourna. Le teint livide, les bras ballants, sa robe prenant sous les éclairs des allures de linceul, Katherin se tenait sur le seuil, immobile, les yeux fous. Elle s'avança dans la pièce d'un pas d'automate et vint s'asseoir sur le divan, raide et muette.

– Katherin ?... demanda Jonathan, la bouche soudain terriblement sèche. Katherin, où est... ?

Elle le regarda sans comprendre. Elle paraissait dans un état second. Il s'approcha lentement, cherchant sur sa personne d'éventuelles traces de lutte. Son imagination s'était aussitôt mise en branle, il les voyait se disputant dans la cave, Roch bousculant sa sœur, la giflant peut-être...

– Katherin, réponds-moi... Est-ce qu'il t'a... Qu'est-ce qui s'est passé ?...

Comme elle ne répondait toujours pas, il décida d'aller demander des explications à son frère. Il ne fallait quand même pas que ce sale type se croie tout permis ! Mais le bras de Katherin jaillit et s'agrippa au sien.

–Reste... J'ai peur...

Il vint s'asseoir à côté d'elle.

–Katherin... dis-moi ce qu'il y a. Il t'a menacée, c'est ça ?...

Elle hocha la tête en signe de dénégation.

–Tu as essayé de lui parler de mon père et ça s'est mal passé ?

Comme elle demeurait silencieuse et prostrée, Nat s'énerva :

–Écoute, ça commence à bien faire ! Je vais aller lui dire ce que je pense !...

–Non ! cria-t-elle, affolée.

Il la dévisagea, refusant de comprendre.

–Mais y en a marre de ce mec à la fin... !

Il se leva et s'apprêtait à sortir de la pièce lorsque la voix de Katherin se brisa :

–N'y va pas, Jo, je t'en supplie !...

Il s'immobilisa et se tourna vers elle. Elle paraissait terrorisée. Son visage était d'une pâleur mortelle. Les bras serrés convulsivement contre son ventre, elle se balançait d'avant en arrière à la façon de certains malades mentaux.

–Mais enfin, Katherin, qu'est-ce qui se passe exactement... ?

Ses lèvres remuèrent à plusieurs reprises sans qu'aucun son ne parvienne à les franchir. Elle ferma les yeux, inspira profondément et réussit finalement à balbutier :

–Je l'ai... je l'ai... enfermé... dans... la chambre froide !

12

–Tu l'as... quoi?!! s'écria Jonathan, horrifié.

–S'il te plaît... ne m'oblige pas à répéter...

–Mais enfin, Katherin, tu es devenue folle! fit Nat, atterré.

Il y eut un nouveau coup de tonnerre et les lampes s'éteignirent pendant quelques secondes.

–J'y crois pas... Non, mais j'y crois pas!... dit Jonathan en se mettant à faire les cent pas dans la pièce.

–Il est odieux, Jo! Il a toujours été odieux. Avec moi, avec les autres, avec tout le monde... Tu as bien vu!...

–Mais ce n'est pas une raison pour...! Non, mais c'est pas vrai... Qu'est-ce qui t'est passé par la tête?!!

–Je ne sais pas... Je ne sais vraiment pas ce qui m'a pris, Jo... Je crois... je crois que j'ai voulu lui donner une leçon...

Jonathan s'arrêta brutalement et vint se planter en face d'elle, se prenant la tête à deux mains.

– Une *leçon*?!! Il fait moins dix-huit dans la chambre froide, Katherin! *Moins dix-huit!!*

– Je me suis dit que... je voulais juste lui faire peur... attendre un tout petit peu avant de rouvrir la porte... Et puis... je suis restée devant... et... je ne sais pas ce qui s'est produit en moi... Je n'ai pas pu, Jo... Je n'ai pas pu... Alors je suis venue te chercher...

– Okay! Eh bien, on va descendre tous les deux et ouvrir cette putain de porte! Et là, qu'est-ce qui va se passer à ton avis? Ton frère va te tomber dans les bras et te dire « Bien joué, petite sœur, je vois que toi aussi tu as un humour de nase, décidément c'est de famille! D'accord, j'ai compris la leçon, pardonne-moi, j'ai décidé de devenir quelqu'un de bien. On efface tout et on recommence... »?

– Je t'en prie... l'implora Katherin, au bord des larmes.

– Écoute, voilà ce qu'on va faire: tu ne bouges pas d'ici, moi, je descends...

– Tu crois...? Mais si...

À cet instant, il y eut une série d'éclairs aveuglants suivis d'un formidable craquement et ils se retrouvèrent plongés dans l'obscurité. L'air s'emplit soudain d'une puissante odeur d'ozone. La foudre venait de tomber.

Là, tout près. Paralysés, osant à peine respirer, ils attendirent. Plusieurs minutes s'écoulèrent, rien ne se passa. Au-dessus de leurs têtes, l'orage se déchaînait de plus belle.

–Coupure de courant... murmura Jonathan. Il ne manquait plus que ça...

–Il y a... un chandelier sur la cheminée... et... une boîte d'allumettes dans la cuisine... dit Katherin.

–J'y vais.

À tâtons, Nat parvint à dénicher l'un et l'autre. Jamais la lumière de trois bougies ne leur avait semblé aussi réconfortante.

–J'ai aussi trouvé une lampe de poche à la cuisine. Reste là, je descends...

Katherin lui lança un regard angoissé et, telle une petite fille terrifiée par l'orage, elle se pelotonna contre les coussins du divan.

Elle avait posé le chandelier sur la table du salon, juste devant elle, et ne le quittait plus des yeux.

Dans son dos, la flamme vacillante des bougies projetait sur les murs des ombres dansantes aux reflets grenat.

Les oreilles bourdonnantes, le cœur battant à tout rompre, Nat s'avança dans la cave à pas prudents.

– Monsieur Bets ?... C'est Jonathan, monsieur Bets... Vous m'entendez ?

Pas de réponse.

Le faisceau de la lampe torche balaya les murs, à la recherche d'une présence éventuelle. Mais la pièce était vide. La gorge serrée, Nat se dirigea vers la porte rouge en continuant à appeler. Quand il ne fut plus qu'à quelques centimètres d'elle, le courage faillit lui manquer. Qu'allait-il trouver derrière cette porte ?

Combien de temps fallait-il pour mourir par moins dix-huit degrés quand on était vêtu d'un pantalon de toile et d'une chemise en coton ?

Entre ses mains, la lampe tremblait de plus en plus fort.

– *Allons, Nat, fais vite ! Plus tu attends et plus ses chances diminuent...*

Gardant la lampe dans la main gauche, il tendit la droite vers la poignée, prit une profonde inspiration et l'abaissa d'un coup.

Au même moment, à l'intérieur de la chambre froide, Roch donna un violent coup d'épaule dans la porte, qui s'ouvrit à la volée. Jonathan la reçut en pleine figure et s'écroula sur le sol. Enjambant son corps, Roch récupéra la lampe et s'engagea silencieusement dans l'escalier.

13

Deux mains puissantes et glacées saisirent Katherin par les épaules et la projetèrent par terre avec une violence inouïe. Elle eut un hurlement de terreur. La dominant de toute sa hauteur, grelottant des pieds à la tête, le visage bleui par le froid, son frère poussa un rugissement.

Tout son corps était agité de tremblements convulsifs.

– Qu'est-ce que tu as fait, espèce de cinglée ?!! Hein ? Réponds !... Qu'est-ce que tu as fait ?!! dit-il en claquant des dents.

Sans attendre de réponse, il l'attrapa et la força à se relever avant de lui asséner une gifle magistrale. Elle poussa un cri et tenta de se protéger avec son bras, mais une poigne de fer s'en empara et le lui tordit dans le dos.

–Réponds, j'ai dit!

Katherin hurla à travers ses larmes.

–Lâche-moi, Roch! Je...

–Tu as essayé de me tuer, espèce de salope!... Tu as voulu tuer ton frère!

Une seconde gifle envoya le menton de Katherin heurter son épaule.

–Noooooon!... Ce n'est pas vrai! Je...

–Tu vas me le payer!

–Roch, arrête!... Arrête, je t'en supplie!

D'un mouvement brusque, Katherin réussit à se dégager de son étreinte et bondit en arrière, courant se réfugier derrière le canapé.

–Calme-toi, Roch, je t'en conjure... Je vais tout t'expliquer...

–Ah, oui? Je suis curieux d'entendre ça... fit-il d'un ton menaçant tout en enroulant les manches de sa chemise. Quelle explication géniale ma romancière de sœur va-t-elle bien pouvoir inventer? Allons, Kathy, c'est le moment ou jamais de prouver ton talent. Une occasion comme celle-là, ça ne se loupe pas!...

Dans la pénombre du salon rouge à peine éclairé par les trois bougies, son visage défiguré par la haine était méconnaissable. Au milieu de son front, une veine saillait, palpitante. Ses yeux étirés et injectés de sang n'avaient plus rien d'humain. Un rictus déformait sa bouche par spasmes de plus en plus rapprochés. Sa lèvre supérieure se rétracta, découvrant ses dents. On eût dit un animal retroussant ses babines juste avant de fondre sur sa proie.

Cramponnée au dossier du canapé, Katherin jetait autour d'elle des regards éperdus.

–Tu cherches le gamin ? grinça Roch. Tu fais moins la fière sans ton chevalier servant !

–Qu'est-ce que tu lui as fait ?!!

–Je lui ai juste proposé de visiter ma chambre... Elle n'est pas très confortable, mais elle est spacieuse. À propos, j'apprécie beaucoup ton sens de l'hospitalité, petite sœur, mais – si je peux me permettre – j'ai trouvé ton accueil un peu... froid !

Il éclata aussitôt d'un rire de dément qui glaça le sang de Katherin. Puis il commença à contourner le canapé, très lentement, sans lâcher sa sœur des yeux.

–Tu l'as tué ! hurla Katherin. Tu l'as tué lui aussi !

Roch s'immobilisa, les mâchoires crispées.

–Qu'est-ce que tu veux dire ?...

–Tu le sais très bien ! Tu as tué mon fils, Roch !

–Ne dis pas n'importe quoi, tu es devenue folle !

–Je t'avais supplié de ne pas lui acheter cette moto ! explosa Katherin. Tu l'as fait quand même et il est mort ! Mort, Roch ! À cause de toi !

– Tais-toi ! Tu sais très bien que je n'y suis pour rien !

– Tu as tué Joël ! Tu as tué mon bébé ! Tu es un monstre ! UN MONSTRE !

– Tais-toi ! Mais tais-toi ! Tu vas te taire, oui !!...

Tu as tué mon bébé ! Tu es un monstre !...

Mot pour mot ce que Babeth avait craché au visage de Paul le jour de l'accident...

Allongé sur le ciment frais de la cave, Jonathan reprit lentement connaissance. Ces paroles criées par Katherin venaient de se frayer un chemin jusqu'à sa conscience et elles le tirèrent de sa torpeur. Il se releva avec précaution. Il avait la joue cuisante et affreusement mal à la tête mais à part ça, ça avait l'air d'aller. Sauf qu'il était dans le noir. Se dirigeant à l'aveuglette, il parvint à retrouver l'escalier et monta en tendant l'oreille. Des éclats de voix lui parvenaient de plus en plus nettement. Il fallait qu'il fasse vite... Il se mit à courir en s'efforçant de faire le moins de bruit possible. Là-haut, Katherin poussa soudain un cri déchirant et Nat se précipita dans la cuisine. Sa hanche heurta au passage l'angle de la table, faisant danser des étoiles devant ses yeux. Il s'arrêta une seconde pour reprendre son souffle, puis il se dirigea vers la lueur qui provenait du salon rouge.

Lorsqu'il déboucha dans la pièce, Roch, debout derrière Katherin, lui avait passé un torchon autour de la gorge et serrait de toutes ses forces.

14

– Tu veux savoir quel effet ça fait d'être à deux doigts de crever, hein?! Tu veux le savoir?!!...

Tandis qu'il la tirait sauvagement en arrière, Katherin se cramponnait des deux mains au morceau de tissu, essayant désespérément de desserrer son étreinte pour parvenir à respirer.

Nat eut l'impression qu'une énorme boule en fonte venait de heurter l'intérieur de sa poitrine. Il se rua sur Roch et le percuta de plein fouet. Pour ne pas perdre l'équilibre, Roch fut obligé de lâcher Katherin qui s'effondra sur le sol en hoquetant, tenant sa gorge à deux mains.

– Reste en dehors de ça, toi! cracha Roch à Jonathan.

Mais Nat ne l'entendait plus. Ivre de rage, il se jeta de nouveau sur lui. Roch lui décocha une droite à l'estomac qui le projeta en arrière. Nat se releva aussitôt, haletant, les poings serrés. Le sang battait à ses tempes, tous les nerfs de son corps étaient tendus à craquer. Les deux hommes se mirent à se mouvoir latéralement, décrivant un cercle avec lenteur. Sur les murs rouge sombre, leurs silhouettes tremblantes grandissaient et rapetissaient au fil de leurs déplacements, comme dans un théâtre d'ombres.

– Dégage de là, le môme. C'est une affaire entre Katherin et moi ! aboya Roch.

– Foutez le camp d'ici ! cria Nat.

Derrière lui, Katherin s'était relevée et reculait lentement vers le fond de la pièce. Roch fonça alors sur Jonathan, le saisit aux épaules et le projeta violemment sur le côté, libérant ainsi le passage. Nat atterrit lourdement sur le sol, à quelques centimètres de la cheminée.

– Fais ce qu'il te dit... Laisse-nous... Va-t'en... gémit Katherin, recroquevillée dans l'angle du salon, près du secrétaire.

Voyant que Roch continuait à avancer vers elle, Nat jeta autour de lui des regards éperdus. Ses yeux tombèrent alors sur l'écusson de saint Georges qui ornait le support en fer forgé auquel étaient suspendus pincettes, soufflet et... pique-feu ! Sans hésiter une seule seconde, Jonathan saisit le tisonnier et bondit en avant. Roch fit volte-face et ouvrit des yeux ébahis.

– Qu'est-ce que tu fais exactement, espèce d'enfant de salaud ?...

Brandissant son arme improvisée comme une épée, Nat répéta :

– Foutez le camp d'ici...

Jetant les bras en avant, Roch attrapa la pointe du pique-feu des deux mains et se mit à la secouer de droite à gauche pour obliger Nat à lâcher prise. Mais celui-ci tenait bon. Ils recommencèrent à tourner lentement et décrivirent ainsi un arc de cercle jusqu'au moment où, rassemblant la totalité de ses forces restantes, Nat plongea en avant. La pointe du pique-feu glissa entre les mains de Roch, échappant à son contrôle pour aller s'enfoncer de quelques centimètres dans son ventre. Stupéfait, Nat lâcha son arme, hypnotisé par la petite tache sombre qui était apparue sur la chemise de son adversaire. Profitant de la surprise du garçon, Roch se baissa avec une rapidité surprenante et ramassa la longue barre de fer. Face à lui, Nat semblait tétanisé. Il vit le tisonnier s'élever dans les airs dans le prolongement du bras de Roch. Il entendit le sifflement de la tige de métal qui allait s'abattre sur lui, mais il ne bougea pas. Il en était incapable.

Katherin bondit alors en hurlant et lança l'ordinateur portable en direction de son frère. L'appareil heurta de plein fouet les tibias de Roch, lui arrachant un rugissement. Il perdit l'équilibre et partit en arrière. Ses bras battirent dans le vide à la recherche d'un appui. Sa main gauche ne rencontra que le tissu d'une robe, à laquelle elle s'agrippa l'espace d'une seconde.

Katherin recula en criant et Roch s'écroula.

Il y eut un étrange son mat lorsque l'arrière de sa tête heurta le chenet orné d'un dragon, puis plus rien.

C'est à ce moment précis que l'électricité revint.

15

Agenouillée près du corps de son frère, la main posée sur sa carotide, Katherin secoua la tête et murmura :

– C'est fini...

Horrifié, Jonathan la regarda fixement. Le visage de la jeune femme était décomposé, ses yeux hagards, son chignon défait s'écroulait en mèches désordonnées, elle avait l'air d'une folle échappée d'un asile.

– Il f-faut... ap-appeler la po... tenta Jonathan en claquant des dents.

Un éclair de fureur traversa le regard de Katherin.

– Aide-moi, le coupa-t-elle. Vite !

Elle passa ses deux avant-bras sous les aisselles de Roch. D'un mouvement du menton, elle désigna ses jambes. Nat le prit par les chevilles et ils soulevèrent le corps.

– La voiture, dit-elle.

Les clés étaient restées sur le contact. Indifférents aux caprices du ciel qui continuait à faire sa grande lessive, ils hissèrent le corps à l'intérieur du 4×4.

Ils l'installèrent comme ils purent sur le siège du passager et Katherin boucla la ceinture de sécurité pour le maintenir en place.

– Va chercher ta lampe de poche et monte derrière, ordonna-t-elle avant de prendre le volant.

Sans prononcer un mot, Jonathan s'exécuta.

Katherin tourna la clé de contact et enclencha la marche arrière. Jonathan n'avait aucune idée de ce qu'elle voulait faire. Incapable de réfléchir, il suivait des yeux le va-et-vient des essuie-glaces qui repoussaient inlassablement le rideau de pluie sur le pare-brise. Il laissait Katherin diriger les opérations. Au point où ils en étaient, il se sentait maintenant prêt à faire n'importe quoi et à la suivre n'importe où.

La voiture ne prit pas l'allée qui descendait jusqu'au portail, elle contourna au contraire *Cotte House*, se dirigeant vers l'arrière de la maison. Dans la lumière des phares, Jonathan reconnut bientôt le point de départ du chemin forestier. La voiture s'y engagea et dérapa à plusieurs reprises dans la boue, chassant sur le côté et faisant des zigzags. Katherin passa en mode 4×4. Les quatre roues motrices s'enclenchèrent avec un grondement et, au bout d'un moment, la trajectoire du véhicule se stabilisa. La voiture suivait à présent le sentier cahoteux, progressant lentement vers le sommet de la colline. Jonathan ne pouvait s'empêcher de sursauter chaque fois qu'une branche basse fouettait la carrosserie sur leur passage. L'orage avait fini par s'éloigner. On n'entendait plus que de lointains roulements de tonnerre et il n'y avait plus d'éclairs. Il faisait extrêmement sombre et la pluie incessante gênait considérablement la visibilité. Les mains crispées sur le volant, le nez presque collé au pare-brise, Katherin scrutait le ruban de terre qui se déroulait devant elle, afin de ne pas perdre le chemin de vue.

Enfin les arbres se firent moins nombreux autour d'eux et ils débouchèrent sur la clairière. Le 4×4 s'avança sur le terre-plein, puis s'immobilisa à deux mètres à peine du précipice. Katherin tira vigoureusement sur la poignée du frein à main et laissa le moteur tourner.

– Aide-moi à le mettre à ma place.

Elle défit la ceinture du passager et commença à tirer le corps vers elle. Toujours assis derrière le siège du conducteur, Nat se cramponnait au dossier, luttant de toutes ses forces contre une violente nausée.

– Nom de Dieu, Jo, aide-moi ! Je n'y arriverai pas toute seule...

Réagissant enfin, il sauta hors de la voiture et vint lui prêter main-forte. Lorsque le corps fut correctement positionné, Katherin dit :

– Éloigne-toi...

Nat s'écarta de quelques pas.

Elle se pencha à l'intérieur du véhicule et enclencha la première. Puis elle fit un bond en arrière et rejoignit Jonathan.

Le 4×4 se mit à avancer droit devant lui et plongea dans le vide.

Ils l'entendirent se fracasser sur les rochers.

Nat voulut jeter un coup d'œil dans le précipice, mais Katherin le retint. Elle lui prit fermement la main.

– Viens. On rentre.

Moitié courant, moitié glissant, ils dévalèrent le chemin forestier, guidés par le maigre faisceau de la lampe torche autant que par l'envie de fuir le plus loin possible de ce cauchemar. Ils poussèrent un soupir de soulagement en apercevant la silhouette massive de *Cotte House*. Ils s'engouffrèrent à l'intérieur de la maison et, pour la première fois, Katherin ferma la porte d'entrée à double tour.

Trempés et couverts de boue, ils gagnèrent le salon rouge. La pièce était baignée d'une lumière chaude, paisible, rassurante. Hébété, Nat regarda Katherin ramasser le torchon qui gisait sur le sol et s'en servir pour frotter consciencieusement le chenet à tête de dragon avant de le jeter au fond de la cheminée. Elle se tourna vers lui. Ses cheveux trempés collaient à son visage ravagé. Son regard avait cependant perdu cet éclat particulier que Nat avait vu apparaître avec angoisse, cette lueur égarée qui avait brusquement fait d'elle une étrangère, quelqu'un qu'il avait senti *capable de tout* !

– Tu grelottes, dit-elle doucement. On va faire du feu...

À genoux sur le tapis, Jonathan regardait les flammes lécher timidement les bûches. Katherin envoya deux ou trois giclées d'allume-feu dans l'âtre et le torchon s'embrasa, dégageant une fumée âcre.

Au-dehors, la pluie avait cessé. Dans le clair silence qui précède l'aube, on n'entendait plus que la chute légère des gouttes qui tombaient des arbres avec un petit bruit de perles. À l'est, le ciel pâlissait.

Brutalement fatigués par le grand combat de la nuit, les nuages se déchiraient lentement, cédant la place à la montée du jour.

Katherin vint s'agenouiller en face de Jonathan.

Elle prit avec douceur ses mains entre les siennes et murmura :

– C'est fini. Tout va bien. Il ne s'est rien passé, tu m'entends ? Il ne s'est rien passé. Rien du tout.

Nat leva les yeux vers elle. Sa voix s'étrangla dans sa gorge :

– Comment tu peux dire ça ?...

Katherin se mordit la lèvre.

– C'était un accident, Jo. Maintenant, il faut que tu oublies.

Jonathan la regarda intensément, serrant ses mains avec force.

– Il manque un bouton à ta robe, dit-il.

Katherin eut brutalement la sensation qu'un bloc de glace lui enserrait l'estomac. Elle se leva et parcourut la pièce, les yeux rivés au sol. En vain. Elle chercha encore quelques minutes, tout en sachant pertinemment que c'était inutile. Ce bouton se trouvait à présent à un peu plus d'un kilomètre de *Cotte House*.

Dans la carcasse de sa voiture accidentée, un homme

le tenait sans doute encore serré au creux de son poing.

Il s'écoulerait vraisemblablement peu de temps avant que la police ne le découvre. Et encore moins avant qu'on ne puisse lire en une de la presse locale quelque chose du genre *Mort suspecte à Cotteville*.

Katherin soupira.

Désormais, il ne lui restait plus qu'à faire confiance à la chance.

Dans le corridor, un timide rayon de soleil effleura le portrait d'Herman Cotte.

Sur sa bouche aux commissures légèrement tordues, l'ombre mouvante semblait dessiner un rictus moqueur.

ÉPILOGUE

Trois mois plus tard

Danny donna le signal.

C'était l'heure de la pause casse-croûte.

Après avoir jeté un coup d'œil aux gaules, ils se reculèrent sur la berge, gagnant l'ombre des arbres. Ils étaient contents, la matinée avait été bonne, les prises importantes. Ils déjeunèrent en silence puis Danny se roula une cigarette.

– Ton père revient quand ? La semaine prochaine, c'est ça ? demanda-t-il en regardant la rivière.

– Oui. Il va bien. Avec *Telma*, je crois que ça va s'arranger finalement.

Danny hocha la tête d'un air pensif.

– Ce toubib... Bauer... il a fait du bon boulot.

– Oui.

–Et ta mère? Elle a l'air en forme depuis qu'elle a repris un travail, non?

–Oui... Et puis ça va un peu mieux, elle et moi.

–C'est des trucs qui arrivent quand on grandit, paraît.

–Ouais. Paraît...

–Un autre sandwich?

–Tout à l'heure.

Danny déballa un second casse-croûte au pâté, qu'il aida à descendre avec une rasade de rouge. Il ne perçut pas tout de suite la soudaine tension de Jonathan.

–Grand-père...

–Mmmmm...?

Nat inspira profondément, puis expulsa l'air comme s'il voulait s'en débarrasser.

–Je voudrais te demander quelque chose... C'est à propos de mon frère... Nathanaël...

Danny tressaillit imperceptiblement. Cela faisait des années qu'on n'avait plus prononcé ce nom dans la famille.

–... Est-ce qu'il arrivait quelquefois aux parents de nous confondre?

Danny regarda son petit-fils avec étonnement.

–Jamais. Vous vous ressembliez énormément, mais vous aviez quelque chose de différent dans le regard...

Nat déglutit avec peine avant de poursuivre:

–Mais... quand on avait les yeux fermés... Je veux dire... le jour... le jour de l'accident...

Son cœur battait à tout rompre. Il n'en revenait pas d'avoir réussi à prononcer ces mots. Le front de Danny se couvrit d'une succession de vagues profondes et parallèles. Son regard devint soudain soucieux, comme s'il venait de prendre conscience d'une chose à laquelle il n'avait jamais pensé auparavant. Une chose grave. Ses yeux plongèrent dans ceux de son petit-fils.

–Il aurait été tout à fait impossible de vous confondre, particulièrement à ce moment-là...

–Pourquoi? demanda Jonathan, le cœur battant.

–Mais enfin, tu ne te souviens pas...?

–De quoi?...

–Ton frère... ton frère avait une tache.

–Une tache? Quel genre de tache?...

–Une tache de naissance. Une tache de vin, comme on dit. Pas très grande. Sur le ventre. Ton père l'aimait bien, parce qu'il trouvait qu'elle avait la forme d'un dragon... Il n'y a que lui qui le voyait. «Déformation professionnelle...!» disait ta mère. Ça ne t'évoque rien?

–Non, rien. J'ai oublié...

–Tu étais si petit...

Nat renversa la tête en arrière et ferma les yeux. Ils restèrent un long moment sans parler. Devant eux, la rivière glissait, large et tranquille. Un vent léger se faufilait dans le feuillage qui commençait à jaunir. Danny se leva et alla vérifier les gaules. Cela lui prit peut-être un petit peu plus de temps que nécessaire. Il fit ensuite quelques pas sur la berge, puis revint vers Nat et lui lança sur un ton enjoué :

– Et ta fiancée, quand est-ce que tu me la présentes ?

Jonathan se redressa et lui sourit.

– Demain, tu veux ?

– Elle aime le poisson ?

– Je pense. Quand on était à la mer tous les deux cet été, on en a mangé tous les jours.

– Je te parle du poisson de rivière.

– Je suis sûr qu'elle aimera aussi.

– Bien. C'est comment son petit nom déjà ?

– Betty...

– Alors va pour demain.

Danny étendit son vieux plaid râpé sur l'herbe, signe annonciateur de la sieste rituelle. Jonathan, lui, n'avait pas du tout envie de dormir. Adossé à un tronc tout près de son grand-père, il sortit un livre de sa musette.

– Tu bouquines, toi, maintenant ? fit Danny, faussement surpris.

– Oui. Depuis cet été.

–Fais voir un peu... Ah ! c'est ton *écrivain* ! Celle pour qui tu as bossé en juillet...

Jonathan hocha la tête en souriant.

–C'est son dernier roman. Il est sorti la semaine dernière. Tu veux jeter un cil ?

Danny opina du chef. Il observa longuement la couverture. On y voyait la silhouette violet foncé d'une maison haute et massive se découpant sur un ciel d'encre.

–*Cotte House*, hein ? fit-il avec un clin d'œil.

–Sans doute, oui...

Danny feuilleta le livre, puis l'ouvrit à la dernière page, la parcourant des yeux comme on lance une ligne équipée d'un hameçon au beau milieu d'une étendue d'eau. Quelques phrases accrochèrent son regard, telles des branches flottant à la surface d'une eau calme.

> « –C'était un accident, Jo. Maintenant, il faut que tu oublies.
>
> (...)
>
> –Il manque un bouton à ta robe...
>
> (...)
>
> Désormais, il ne lui restait plus qu'à faire confiance à la chance. »

Danny referma le livre en souriant et le rendit à Jonathan. Il roula ensuite sa veste et la cala sous sa nuque après s'être allongé sur le dos. Il eut un soupir d'aise.

– *Le Passager de l'orage*... Sacré titre!... Tu me le prêteras?

*

Au même moment, à quelques centaines de kilomètres de là, une des plus grandes librairies de la capitale était en effervescence. Une foule de curieux et de passionnés occupaient les lieux depuis plus d'une heure, trépignant d'impatience, les yeux brillants et le sourire aux lèvres. Chaque recoin du magasin était à présent rempli d'aficionados venus découvrir ou se faire dédicacer le dernier roman de leur auteur favori, Katherin Bets.

Les lecteurs continuant à arriver en masse, on avait été contraint de leur demander de se mettre en file indienne, laquelle se prolongeait jusque sur le trottoir, où le patron de la librairie distribuait cafés, verres d'eau et petits gâteaux pour faire patienter le public. Dans une ambiance très bon enfant, on attendait son tour en échangeant ses impressions sur le « nouveau Bets » ou sur les romans précédents, chacun défendant son préféré avec passion. Au fond du magasin, disparaissant à moitié derrière des piles de livres que les employés de la librairie ne cessaient d'approvisionner, Katherin se prêtait avec grâce au rituel de la dédicace, s'efforçant de trouver une parole aimable pour chacun.

–J'ai beaucoup aimé le personnage du petit jeune homme qui vient travailler chez l'écrivain... lui dit une vieille dame au regard malicieux.

–Jonathan? Je l'aime beaucoup aussi! répondit Katherin en souriant. Je vous mets un petit mot, madame?

–Pas pour moi, pour mon petit-fils. Je pense que ça lui plaira. C'est vraiment un bon livre!

–Je vous remercie. Il aime le suspense?

–Beaucoup. Mais vous savez, cela fait surtout des années que j'essaie de lui faire lire *Moby Dick*...

–Je vois.

(...)

–À la place de votre frère, je ne serais pas content, mais alors pas content du tout! fit un monsieur cramoisi qui tenait le livre serré contre son gros ventre. Vous lui avez drôlement réglé son compte! À part ça, y a pas à dire, c'est un bon bouquin.

–Mon frère? répondit Katherin, interloquée. Ça tombe bien, je n'ai jamais eu de frère...

–Eh ben, c'est tant mieux! s'exclama le monsieur en frappant la table du plat de la main.

Et il lui brandit tout à coup le roman sous le nez en clamant :

– C'est pour moi, je m'appelle ROCH !!

(...)

Une petite femme sans âge, toute vêtue de gris, se pencha vers Katherin et lui chuchota en prenant des airs de conspiratrice :

– Mais alors, dites-moi : finalement, elle était hantée, cette maison, ou pas ?

– Ah, ça ! figurez-vous que je me le demande encore...

Les lecteurs se succédèrent ainsi en un flot ininterrompu durant quatre bonnes heures. Katherin commençait à sentir monter les premières vagues d'une vilaine migraine due à la fatigue, lorsque le libraire vint lui chuchoter à l'oreille la phrase qu'elle attendait tant :

– Votre fils vient d'arriver...

Katherin scruta la foule rassemblée devant elle et son visage s'illumina. Jouant des coudes et demandant pardon toutes les dix secondes, Joël s'avançait vers elle. Il la rejoignit en souriant et la serra affectueusement dans ses bras.

– Quel succès ! fit-il, admiratif. Tu en as encore pour longtemps ?

– Une demi-heure au plus, et après, en route !

–Tu ne veux toujours pas me dire où on va ?

D'un petit geste vif, Katherin lui fit signe de se rapprocher.

Avec un sourire radieux, elle lui glissa à l'oreille :

–Cap à l'ouest. Direction Cotteville. Je voudrais te présenter quelqu'un...

L'auteur

Née avec un livre dans une main et un stylo dans l'autre, je me suis vite prise de passion pour le polar. Amoureuse d'Arsène Lupin à quatorze ans, j'ai toujours gardé une certaine tendresse pour les personnages politiquement incorrects, un peu en marge ou *borderline*. La vie n'est pas un long fleuve tranquille et nous avons tous des monstres dans nos placards, c'est pourquoi j'ai envie de parler de nos fragilités, de nos points de rupture, bref, de tout ce qui nous rend humains. Si j'aime particulièrement le roman noir, « roman de la crise », c'est parce qu'il nous permet justement d'aller explorer notre part d'ombre, de donner à nos peurs un espace pour se dire. De tempérament résolument optimiste, voire farceur, je m'arrange cependant pour que mes romans se terminent toujours sur une note d'espoir, un clin d'œil ou une surprise qui renforce le plaisir de la lecture.

Du même auteur

Aux éditions Syros :

Une sonate pour Rudy, coll. « Rat noir », 2006

(Prix Sésame 2007
Prix Enlivrez-vous en mai de Thionville 2007
Prix Romanphile 2007
Prix des Collèges du Territoire de Belfort 2007
Livre d'or des jeunes lecteurs de Valenciennes, catégorie senior, 2008
Prix Adolire – Prix des lecteurs en Morbihan, 2007/2008
Prix du Jury littéraire de Trignac, Loire-Atlantique, 2008
Prix des prix du Territoire de Belfort 2008)

Chez d'autres éditeurs :

Perles de collégiens, Horay, « Le cabinet de curiosité », 2002, 2004, 2008
Mots futés pour écrire sans se tromper, Actes Sud Junior, « Les grands bonheurs », 2003, 2004, 2007
Pleure pas Lalie, Magnard Jeunesse, « Tipik Cadet + », 2005

(Ces trois titres sont parus sous le nom de Claire Derouineau.)

Dans la collection

RAT NOIR

Piste noire, Christine Beigel, 2006

Shooting Star, Stéphanie Benson, 2008

La Rebelle, Thierry Crifo, 2007

Une sonate pour Rudy, Claire Gratias, 2006

Lambada pour l'enfer, Hector Hugo, 1992, 2006
(Prix Été du Livre de Metz 1993, Livre d'or des jeunes lecteurs de Valenciennes 1994)

La Grande môme, Jérôme Leroy, 2007

Adieu mes jolies, Jean-Paul Nozière, 1998, 2007

Halte au feu, Jean-Hugues Oppel, 2004, 2006

Allers sans retours, Jean-Hugues Oppel, 2008

J'ai jeté mon portable, Serge Quadruppani, 2007

Victime Delta, Louis Sanders, 2007

Qui se souvient de Paula ?, Romain Slocombe, 2008

Conforme à la loi n° 49.956 du 16 juillet 1949
sur les publications destinées à la jeunesse

Mise en pages : DV Arts Graphiques à La Rochelle
N° d'éditeur : 10152073 - Dépôt légal : septembre 2008
Imprimé en France par EMD S.A.S.
N° d'impression : 19755